Margot Saint-Loup

177 FAÇONS D'EMMENER UNE FEMME AU SEPTIÈME CIEL

Dans la même collection :

203 façons de rendre fou un homme au lit (N°2771)

Sommaire

En guise d'introduction...

« S'unir avec les hommes épanouit les femmes. Elles se rassasient de plaisir et de luxure, et la joie qu'elles éprouvent est leur satisfaction », affirme le Kama-Sutra.

Ah, si seulement il pouvait en être toujours ainsi ! Hélas, nous en sommes loin... Il m'est arrivé plus d'une fois, dans le lit d'un homme, de me souvenir avec nostalgie des caresses que je m'étais accordées toute seule, me désolant de constater qu'elles m'avaient procuré davantage de plaisir que l'acte en cours.

Ce n'est certes pas un scoop, mais, dans le domaine du sexe, il y a des moments plus ou moins heureux. Des montées au septième ciel et des descentes aux enfers.

Je me souviens en particulier d'un homme. Il avait débarqué à une soirée entre amis, tel un invité surprise, sur les coups de minuit. J'étais restée clouée sur place au premier regard, me sentant rougir et balbutier. Je n'étais pas la seule, d'ailleurs, à sembler sensible à son charme, et étais d'autant plus contente qu'il s'intéresse de si près à ma personne. Sa façon de danser, de m'enlacer avec une certaine autorité, douce et ferme à la fois, ne laissaient aucun doute : cette homme-là savait s'y prendre avec les femmes. Sauf que...

Quelques danses et coupes de champagne plus tard, nous nous rendions chez lui pour le dernier verre de rigueur. C'est là que je vis, avec une stupeur mêlée d'effroi, le prince charmant se métamorphoser en un stakhanoviste du coït, dénué du moindre sens du savoir-aimer. À peine arrivés, je me retrouvai sur le lit, tandis qu'il se déshabillait prestement, mais avec une maniaquerie suffisante pour plier scrupuleusement ses vêtements sur une chaise. La douceur et la délicatesse étant apparemment réservées à ses frusques, il se jeta sur moi, m'arracha ma robe plutôt qu'il ne l'ôta et commença sa besogne. À peine un baiser dans le cou et en avant pour le grand va-et-vient. Concentré sur ses allées et venues, il semblait un gymnaste à l'entraînement. Tentait-il de battre un record ? Cherchait-il à m'épater par une technique sans faille ? Toujours est-il que, six minutes et douze secondes plus tard, il éjaculait dans un râle, satisfait. Il me gratifia d'un bisou sur les lèvres et se précipita dans la salle de bains pour une toilette en règle... Abasourdie et tout à fait dégrisée, je me rhabillai en à peine plus de temps qu'il ne lui en avait fallu pour me dénuder, saisis mon sac et parvins à la porte au moment même où il réapparaissait, frais et propret. Surpris de me voir sur le départ, mais assez discret ou (il n'est pas interdit de rêver) lucide pour ne pas poser de questions, il promit de me rappeler afin de me revoir très vite.

Le bougre étant vraiment séduisant et, par ailleurs, non complètement dénué d'intelligence, je décidai de lui donner une seconde, puis une troisième chance. Après tout, les défaillances sont humaines... J'aurais mieux fait de m'abstenir ! Après le deuxième assaut, épuisé par sa performance, il s'endormit sans même me prendre dans ses bras. Et, la troisième fois, lui ayant patiemment expliqué que j'avais besoin, moi, d'un peu plus de temps pour atteindre le septième ciel, il daigna prolonger la chose mais sans m'accorder un regard, trop préoccupé par l'efficacité de ses coups de reins. Je ne pus que louer son application, son sérieux, et sa toujours parfaite concentration... tout en restant totalement étrangère à l'action en cours. Je me surpris même à penser à tout un tas de choses qui, d'ordinaire, ne me préoccupent guère : feuilles de sécurité sociale à remplir, détour à faire chez le teinturier pour récupérer mes doubles-rideaux... ceux-là mêmes auxquels, selon l'expression consacrée, j'aurais eu tant envie de grimper. C'eut été un premier palier avant le septième ciel. Mais sans doute était-il écrit qu'avec cet homme si bien fait je resterais définitivement à hauteur de matelas. Tant pis pour moi... Et tant pis pour lui aussi.

Cette brève aventure eut au moins le mérite de me faire prendre conscience de cette évidence : un bel homme ne fait pas forcément un bon amant. Une technique, aussi parfaite soit-elle, ne remplace pas la tendresse, l'attention envers l'autre, la prévenance, la douceur, la folie, l'imagination, la fantaisie, la générosité... L'amour quoi.

Si cet homme avait été meilleur connaisseur du corps féminin, à défaut d'amour, au moins aurait-il pu me procurer du plaisir. Mais, à l'évidence, ses notions en la matière remontaient à sa première leçon de sciences naturelles, en classe de sixième !

Certes, les premières fois sont rarement les meilleures, et il faut un certain temps pour atteindre les sommets. On se cherche, on se découvre, après avoir tâtonné. La sexualité est affaire de corps, de cœur et d'esprit. Passé le premier regard, c'est toute une alchimie qui opère. Sans parler des sentiments, de l'attirance réciproque, certaines peaux se complètent, des odeurs se mêlent, des sexes semblent faits l'un pour l'autre.

J'ai connu des hommes superbes avec lesquels « ça » ne marchait pas du tout, malgré une attirance indiscutable. Et d'autres, beaucoup moins sexy, qui m'ont offert des extases inoubliables. Cela tient à la fois du mystère et de ce quelque chose en plus qu'on pourrait appeler le savoir-aimer.

Et ce n'est pas si compliqué ! Messieurs, nous ne vous demandons presque rien. C'est-à-dire tout. Ou inversement : nous vous demandons tout, c'est-à-dire presque rien. Nous séduire, nous surprendre, prendre le temps de nous découvrir pour qu'ensemble nous atteignions le stade ultime du plaisir.

Que cela ne vous fasse pas douter de vous-même ! Nous sommes prêtes à nous extasier sur la vigueur de vos attributs, à nous pâmer sur votre savoir-faire, mais... Et nous dans tout ça ? Faut-il vous rappeler que nous ne sommes pas là en spectatrices mais en actrices actives, et souvent dévouées, très désireuses de participer à ce jeu que nous aimons ?

L'amour n'est pas juxtaposition de deux plaisirs solitaires ; il est fusion de deux corps, deux cœurs, deux esprits ; duo magique où les voix se complètent et se répondent pour tenter d'atteindre l'à-corps parfait.

Que tous ceux, habitués à chanter seul dans leur coin, en se souciant peu de savoir si la mélodie nous plaît, trouvent ici l'occasion de parfaire leur technique du duo et du jeu à quatre mains.

Musique, Maestro !

Margot SAINT-LOUP

Comment utiliser ce livre

Dois-je vous le répéter, messieurs ? Ce livre vous est réservé. Il est à vous. Rien qu'à vous. Il a été rédigé à votre intention... tout en pensant à vos compagnes ! N'y voyez là aucun égoïsme forcené, mais le désir de vous faire découvrir tout ce que nous aimons, nous les femmes, toutes les folies vers lesquelles nous voulons vous entraîner.

Le plaisir que vous saurez nous offrir sera aussi le vôtre. À l'harmonie amoureuse nous avons, vous comme nous, tout à gagner. Vous ne nous traiterez plus de « mauvais coup » ou de frigide rédhibitoire ; nous ne vous prendrons plus pour d'infâmes machos. Autant dire que ce livre devrait être déclaré et reconnu d'utilité publique !

Gourmand voire vorace, appliqué, méticuleux et consciencieux, vous pouvez dévorer ce livre de la première à la dernière page et, si le cœur vous en dit, répéter l'opération afin de mieux profiter de nos conseils. Il n'est pas interdit d'apprendre certains passages par cœur...

Gourmet délicat, papillonnant, vous êtes parfaitement libre de feuilleter, musarder, vous arrêter sur les chapitres qui vous intriguent ou chatouillent votre curiosité.

Quelle que soit la façon dont vous entendez procéder, une fois votre lecture achevée, rangez le livre dans un endroit auquel vous seul avez accès, afin que nul(le) indiscret(e) ne puisse s'en saisir... par hasard. N'oubliez tout de même pas où il se trouve, vous pourriez avoir besoin d'une petite révision.

Fermez les yeux et imaginez une femme, celle qui occupe en ce moment vos pensées ou celle que vous aimeriez rencontrer. Laissez faire votre mémoire, voyez quelles scènes vous viennent spontanément à l'esprit quand l'objet de votre désir vous hante.

Le moment venu, oubliez tout. Ne cherchez pas à suivre à la lettre les excellents préceptes de ce livre, vous risqueriez l'épuisement et celui de votre partenaire. Il n'est pas question pour vous d'accomplir une performance ou de battre un record, mais de *bien* faire l'amour. Votre compagne ne recherche pas l'esbroufe mais la sincérité. Peu lui importe les recettes toutes faites appliquées sans discernement ; ce qu'elle veut, c'est vous sentir complice et attentif.

Il est surtout question ici de vous donner des idées et, par voie de conséquence, de réveiller votre imagination. Aussi est-il recommandé de ne pas vous contenter, un peu paresseusement, de ces 177 conseils, ô combien avisés et judicieux, mais au contraire de tout mettre en œuvre pour en allonger la liste à l'infini...

Demandez-vous pourquoi vous avez eu envie de lire ce livre. Et pourquoi j'ai éprouvé le besoin de l'écrire. Tout simplement parce que j'aime les hommes et le jeu amoureux, la découverte de l'autre et l'excitation qu'elle procure, l'embrasement des sens et de l'esprit. Parce que rien ne me désole davantage que des rencontres ratées, gâchées, des rêves qui se fanent, un septième ciel qui se voile pour disparaître tout à fait.

Ce livre n'a d'autre ambition que de vous donner quelques indications sur ce qu'est une femme, de vous dévoiler les mille façons de gagner son cœur et son corps.

Une fois ces pages lues, enregistrées, mémorisées, revues, oubliez-les et concentrez-vous sur la femme que vous aimez. Aimez-la vraiment. Appliquez-vous à la séduire et à la conquérir chaque jour. Il suffit de presque rien : beaucoup de tendresse, beaucoup de respect, beaucoup d'imagination, beaucoup de fantaisie, de la générosité sans compter... Toutes ces qualités que vous possédez sans même vous en rendre compte et que ce livre, je l'espère, vous donnera envie de laisser s'exprimer. Enfin !

Petite leçon d'anatomie à l'usage de ceux qui auraient séché les cours de sciences naturelles

Savez-vous, messieurs, que la femme ne se résume pas seulement à « une belle paire de seins » et « un joli petit cul », comme on vous l'entend trop souvent dire ?

Certes, notre cul et nos seins méritent toute votre attention, et point n'est besoin de chercher trop loin comment et pourquoi ils deviennent souvent l'objet de vos obsessions... C'est même très flatteur, mais cela ne saurait suffire. Des seins, en pomme ou en poire, peu importe, ça se dorlote. Et un petit cul cache tout un mystère que vous gagnerez à mieux connaître pour mieux nous contenter.

Si vous êtes expert en anatomie, sautez ces quelques lignes. Mais êtes-vous bien sûr d'être incollable en ce domaine ?

Comment l'appelez-vous ?

Donc, la femme est un être sexué. Et à ce sexe tant convoité, fantasmé, loué, désiré, on a donné quantité de noms. Des plus poétiques aux plus vulgaires.

Commençons par le commencement : les petites filles l'appellent la zézette, la foufoune, la foufounette ou encore la founette. Parfois aussi le minou... lequel, par le biais d'une mutation linguistique plus que génétique, se transforme en chatte. Allez chercher à comprendre !

Les végétariens ou les écologistes préféreront sans doute les termes d'abricot fendu ou de figue ; les amateurs de crustacés y verront une moule ; les poètes et les sinologues pencheront pour la Porte de jade, l'Écrin à bijoux ou la Grotte de corail ; les indécis ou les éclectiques balanceront entre la fente, la moniche, la mounine ; les scientifiques le désigneront sous le nom de vulve ; et les plus crus l'appelleront le con. Tout simplement. Cela peut paraître vulgaire, c'est néanmoins une appellation juste et parfois excitante.

Si rien de ce qui précède ne vous satisfait, vous êtes plus qu'autorisé à trouver au sexe de l'être aimé un surnom de votre choix. Il sera entre vous comme un mot de passe, incompréhensible pour ceux qui vous entourent. Ils n'en finiront pas de se demander ce que vous pouvez bien vouloir dire lorsque vous déclarez à votre femme ou maîtresse : « J'ai terriblement envie de voir Julie ce soir, elle m'a tellement manqué »... Ils vous presseront bientôt de leur présenter cette mystérieuse Julie.

Comment ça marche ?

C'est bien joli de donner un nom à notre sexe, mais cela ne suffit pas. Si vous persistez à ne le considérer que comme un vulgaire trou dissimulé par des poils, nous n'irons pas très loin !

Ce que vous admirez en premier, c'est notre mont de Vénus (scientifiquement désigné sous le nom de pénil), la partie inférieure et médiane de notre ventre qui se couvre de poils à la puberté, formant un buisson ou une toison plus ou moins dense et fournie selon les individus.

Cette partie de notre anatomie se fend en deux grandes lèvres *(labia majora)* qui débordent un peu de l'ensemble. Elles cachent et dissimulent les petites lèvres *(labia minora),* à la texture plus fine et plus sensible qui grossit cependant en état d'excitation.

Grandes et petites lèvres limitent un espace triangulaire dénommé « vestibule », à l'avant duquel elles se rejoignent, formant le capuchon du clitoris, lui-même cachant le gland. Organe érogène principal, le clitoris se révèle particulièrement sensible ; les caresses que vous lui prodiguez peuvent parfois en devenir douloureuses... mais tellement bonnes !

Que cela ne vous empêche pas de descendre encore un peu : là, vous trouverez le méat urinaire et, surtout, l'orifice externe du vagin, rétréci chez la vierge par une membrane, l'hymen. Le vagin conduit tout droit à l'utérus mais, avant d'y parvenir (?!), vous êtes autorisé à vous attarder quelque peu à la recherche du fameux point G, découvert par un certain Grafenberg. Mythe ou réalité, le point G ne serait rien d'autre qu'une bosse formée par les vaisseaux sanguins de la paroi vaginale, gonflés pendant l'excitation. Pour le trouver, vous avez droit de vous servir de votre queue ou de vos doigts... Mais n'en faites pas une fixation. Nous avons très bien survécu et fort bien joui durant des années en ignorant l'existence de ce point G. N'empêche, d'aucunes prétendent qu'il décuple l'excitation, quand d'autres affirment qu'il déclenche l'orgasme. À chacun sa vérité !

Enfin, en descendant encore un peu plus bas, vous parviendrez à l'anus. Et là, tout se complique. Salvador Dalí s'était amusé à compter qu'il était entouré de 36 ou 37 petites raies, mais ça ne résout pas notre problème qui peut aussi devenir le vôtre. S'il est parfois considéré comme un orifice sexuel naturel et susceptible de donner un plaisir inouï, l'anus reste encore chez un grand nombre de femmes un tabou absolu. Il vous faudra alors beaucoup de patience, de conviction et de douceur pour les convaincre du bien-fondé (et non du bon fondement !) de cette exploration de nouvelles jouissances.

De la théorie des fluides

Nous ne saurions terminer cette leçon de choses, sans parler des fluides. Je ne vais tout de même pas vous l'apprendre, du moins je l'espère, mais une femme « mouille ». Et, sauf à souffrir d'une sécheresse vaginale qui nécessiterait consultation médicale, si la femme ne mouille pas, c'est que vous avez mal fait votre boulot ou, pire, que vous ne lui faites aucun effet.

Nos fluides féminins sont au nombre de trois.

Le premier, nommé cyprine, apparaît très vite avec le désir et l'excitation. Il sert à lubrifier le vagin. Vous pouvez facilement vérifier sa présence en introduisant votre (ou vos) doigt(s) dans le vagin, ou en passant négligemment la main sur la petite culotte de votre partenaire. L'humidité que vous sentez ne laisse aucun doute sur la réalité de son plaisir.

Le second surgit au moment de l'orgasme. Il peut être plus abondant et prouve en tout cas qu'il y a bien eu orgasme, cela dans l'hypothèse où vous auriez des doutes quant à nos dons de simulation.

Le troisième et dernier de ces fluides enivrants peut littéralement jaillir du point G. Mais le phénomène est rare. Très abondant cependant chez les « femmes fontaines », il est comparable à l'éjaculation masculine. On se perd toutefois en conjectures pour savoir d'où il vient, de quoi il est constitué, comment il est stocké...

Que les prétentieux cessent donc de se croire supérieurs, et que les timides arrêtent de penser qu'ils ne sont pas à la hauteur, ce fluide-là ne dépend pas de votre ardeur et de vos exploits. Il apparaît parfois, c'est tout, et lorsque nous en saurons davantage, nous ne manquerons pas de vous tenir au courant !

Petit précis de savoir-séduire à l'usage des messieurs

À de très rares exceptions près, absence totale de dons, mauvaise volonté évidente ou muflerie incurable, messieurs, vous êtes tous capables de nous conduire au septième ciel dans une extase inoubliable.

Vous n'êtes en aucun cas obligés de vous révéler une bête sexuelle, un Schwarzenegger body-buildé ou un homme à femmes, pour nous combler. Êtes-vous petit, grand, mince, gros (oui, mais pas trop), poilu, velu, imberbe, moustachu, chauve, blond ou brun, l'œil bleu ou noir, avec ou sans lunettes ? Qu'importe, nous ne demandons qu'à tomber sous l'emprise de votre charme, parfois caché, mais néanmoins irrésistible.

Apprenez à vous aimer tel que vous êtes : de toute façon, vous êtes très bien ainsi. Ne faites pas de fixation sur la dimension de votre membre, mais apprenez plutôt à vous en bien servir, quelles que soient ses proportions. Mon père, homme d'expérience, avait coutume de répéter : « Mieux vaut une petite qui frétille qu'une grosse qui roupille. » Si besoin est, répétez cette maxime par cœur dix fois de suite, plusieurs fois par jour ; cela s'appelle la méthode Coué... et ça marche ! Mais dites-la intérieurement et non à haute voix, cela ne regarde que vous.

Une fois persuadé de votre pouvoir, veillez tout de même à respecter certaines règles de base qui relèvent davantage du plus élémentaire savoir-vivre que de l'exploit.

Si vous êtes encore solitaire, pour séduire une femme, faites jouer simultanément votre instinct et votre perspicacité. Faites confiance à votre désir, mais sachez le discipliner. Tout est question de mesure !

Apprenez à vous méfier des apparences. La réservée un peu froide peut fort bien cacher un tempérament volcanique, et l'allumeuse se révéler une amante coincée. Gardez-vous donc de tout jugement hâtif, sans jamais perdre de vue que l'une et l'autre ont en commun le besoin de se sentir désirables et désirées.

Ne vous jetez pas sur votre proie au premier regard éloquent et mutin qu'elle vous lance. Prenez votre temps... Sachez prolonger ces moments magiques où une attirance naissante fait croire à tous les possibles. Intéressez-vous à elle, faites-la rire, faites-la parler d'elle, de sa vie, de ses goûts.

Parlez aussi de vous, mais pas n'importe comment. La confiance qu'elle vous inspire vous pousse à la confidence ? Fort bien, mais n'abusez pas. Inutile de vous lancer dans le récit détaillé de vos aventures antérieures et d'en rajouter au passage. Elle vous prendrait au choix pour un vantard invétéré ou pour un gougnafier irrécupérable, ce qui, dans un cas comme dans l'autre, ne joue guère en votre faveur.

De la patience, du tact et un minimum de stratégie avant toute chose ! Dévoilez une partie de vos charmes pour éveiller sa curiosité... mais sans abattre toutes vos cartes dès la première rencontre. Vous ne devez paraître ni un frustré en manque ni un empressé hystérique, mais simplement un homme charmé et troublé, pressentant en elle une femme exceptionnelle qu'il ne saurait traiter sans tous les égards qui lui sont dus.

Étonnez-la, intriguez-la, donnez-lui envie d'en savoir davantage sur vous. Mais, si vous devez la reconduire chez elle bien sagement, ce qui est tout à votre honneur, ne la mettez pas dans un état tel qu'elle ne comprendrait pas pourquoi vous l'abandonnez soudainement sur le pas de sa porte.

Non, vous devez parvenir à la laisser suffisamment séduite pour qu'elle s'endorme et se réveille parcourue d'un frisson le long de la colonne vertébrale, en pensant à vous, au contact de votre main sur la sienne, à cette façon particulière que vous avez eue de lui effleurer le dos ou l'épaule...

Déjà son esprit s'aventure et s'égare, en songeant à ce que procurerait cette même caresse sur sa peau nue.

C'est gagné ou presque. Ne gâchez pas tout... par excès d'ardeur !

Si vous vivez en couple : c'est une certitude, vous lui avez suffisamment plu pour qu'elle accepte de tenter la vie à deux, le partage du verre à dents et de la machine à laver. Raison de plus pour ne pas vous laisser aller en vous reposant sur vos lauriers ; ils pourraient bien vite se faner, se dessécher, se racornir jusqu'à tomber, vous laissant seul un beau matin, cherchant désespérément à comprendre pourquoi elle en a préféré un autre.

Restez donc vigilant ! Vous pouvez être sexy, même en pyjama... à condition que ce soit vraiment un pyjama et non pas un infâme chiffon, bleu à l'origine, mais d'une couleur désormais douteuse, orné de taches de café au lait.

Abandonnez les charentaises, le jogging informe que vous enfilez au retour du boulot ou le velours qui poche aux genoux. Renoncez à vos week-ends moroses, pas rasé, à peine lavé, scotché devant la télé, avec miettes de chips éparses sur votre chemise et sur le canapé... Si vous vous négligez, vous la négligez aussi. Et si vous ne faites pas un minimum d'efforts, comment pourrait-elle croire que vous la désirez encore ? Si elle doute trop, elle ira voir ailleurs. Vous ne pourrez pas dire qu'on ne vous avait pas prévenu !

Pour la garder, faites attention à vous ! Et à elle !

La fièvre monte...

Entretenir et décupler le plaisir

Au commencement était le désir... Reste à l'entretenir, le prolonger, l'aiguiser. Pour ce faire, il est des gestes, des regards, des attitudes, des mots. Tous nos sens, faut-il vous le rappeler, Messieurs, sont activés par notre cerveau ; le désir est affaire d'hormones, sécrétées par des glandes, lesquelles sont stimulées elles aussi par le cerveau. L'amour et le désir sont donc affaire de corps et de cœur, mais aussi d'esprit...

Il va donc vous falloir chatouiller nos neurones, jouer avec nos nerfs, harceler (mais gentiment) notre mémoire... Ainsi stimulée et encouragée, notre imagination déjà galopante n'en finira plus de cavaler, nous menant et ramenant toujours jusqu'à vous, ivres de désir et d'envie, vous suppliant de rendre la réalité aussi belle, aussi délirante que dans nos rêves et nos souvenirs.

Pour nous allécher, nous exciter, nous rendre prêtes à défaillir, provoquer même à distance ce frisson caractéristique au creux de nos reins, cette chaleur dans notre bas-ventre, cette humidité de notre petite culotte, ce pincement à hauteur de notre veine cave inférieure, il suffit parfois de presque rien... C'est à vous de faire preuve d'imagination et de hardiesse pour nous conquérir à chaque fois, entretenir notre excitation, nous maintenir dans cet état béni, entre satisfaction et frustration, qui fait de vous l'homme de toutes nos pensées. Et de tous nos fantasmes.

1. Rien de plus éloquent que le regard. Vos yeux qui se plantent dans les nôtres, perçants, insistants, avec l'impression que vous voulez nous faire rougir ou baisser les yeux, et découvrir ce qui se cache au plus profond de notre âme... ou sous notre tailleur. Jamais vous ne nous regarderez assez. Jamais vous ne nous ferez suffisamment sentir combien vous nous trouvez belle, sexy, désirable. Vous éviterez cependant, surtout la première fois, de nous lancer des clins d'œil appuyés ou égrillards. Réservez-les pour plus tard, pour le moment où, une certaine complicité étant établie entre nous, vos œillades assassines ne seront pas

interprétées comme un manque de tact, voire une marque de vulgarité et d'incorrection pour le moins déplaisante.

Mais inutile de jouer les serpents hypnotiseurs. Lorsque vous le souhaitez, vous pouvez bien sûr quitter nos yeux de braise et vous concentrer sur notre bouche pulpeuse. Puis descendre enfin jusqu'à notre décolleté que vous admirerez avec toute la convoitise qui convient en pareil cas. Et terminer sur nos jambes, qui se croisent et se décroisent en faisant crisser les bas, laissant entrevoir ou imaginer ce que nous nous évertuons à cacher plus haut.

Durant toute ce round d'observation, rien ne vous interdit d'entrouvrir les lèvres, de passer de temps à autre, discrètement, votre langue dessus, furtivement, comme si vous repreniez votre souffle, à la recherche de l'oxygène qui commence à vous faire défaut. Il va sans dire que votre regard sans ambiguïté aura d'autant plus d'effet que vous nous le lancerez devant témoins, dans le courant d'une conversation à laquelle vous prendrez part on ne peut plus distraitement.

2. Vous ne sauriez pourtant rester muet, les yeux exorbités. Alors, n'oubliez pas le pouvoir des mots. Même les plus directs et les plus crus. Murmurés à notre oreille attentive, ils ont un effet euphorisant et particulièrement excitant, surtout lorsque vous les prononcez au moment où l'on s'y

attend le moins. Lors d'un dîner chez des amis, par exemple, passant près d'elle pour attraper négligemment des cacahuètes, vous frôlez à peine ses seins et susurrez un : « Tu m'excites, j'ai envie de toi, je bande, allons-nous-en », qui la laisse chavirée et vibrante.

3. Ces mots, vous pouvez les prononcer au téléphone, qui est, vous le savez, un instrument hautement érotique. Vous avez le choix. Appelez-la à son bureau, insistez pour qu'on la dérange même en pleine réunion, faites savoir qu'il y a urgence et que ça ne saurait attendre. Lorsqu'enfin vous entendez sa voix inquiète à l'idée d'une inondation ou d'un accident survenu à sa mère, dites-lui seulement que vous n'en pouvez plus, que vous ne cessez de penser à votre dernière nuit, que vous n'entendez rien d'autre que ses gémissements, que vous avez envie de lui faire des choses plus folles encore pour la faire crier, hurler de plaisir, que vous aurez du mal à attendre le soir même... Il y a fort à parier qu'elle ne vous tiendra pas rigueur de cette récréation inattendue et salutaire.

Si vous ne vivez pas encore ensemble, vous pouvez aussi l'appeler le soir chez elle à une heure un peu avancée. Faites-lui savoir que vous êtes déjà allongé sur votre lit et qu'à sa seule pensée la tête vous tourne. Parlez de ce que vous avez déjà fait ensemble, de ce que vous pourriez faire encore... Si la belle est d'humeur, vous pouvez même lui décrire, dans le détail, ce que vous entreprendriez en sa présence. Irrésistible et étourdissant.

4. N'oubliez pas le répondeur. Tous les messages sont permis. Un de mes amants a utilisé un jour la totalité de ma bande enregistreuse pour y faire entendre ses soupirs de langueur. Pas un mot. Juste son souffle qu'il me semblait sentir sur ma peau. Je n'aurais jamais dû effacer ce message...

Toujours dans le registre des soupirs, vous pouvez aussi avoir eu la bonne idée d'enregistrer vos ébats et de lui laisser sur répondeur cette nouvelle version de *Cris et Chuchotements*. Elle rougira peut-être de s'entendre au cœur de l'abandon, mais quelle excitation de revivre en différé un tel moment !

Selon votre tempérament et votre état d'esprit, rien ne vous empêche de vous montrer plus loquace, voire légèrement salace. Tout est question de feeling. Mais, après une journée harassante, une engueulade avec son patron, un déjeuner d'affaires interminable, une signature de contrat ajournée et une course contre la montre, elle appréciera ce changement radical de registre, cette invitation à un réveil de ses sens malmenés.

5. En attendant de la coucher sur un lit (ou ailleurs), couchez les mots sur le papier. Écrivez-lui pour lui déclarer votre flamme et votre désir

ardent. Un peu de romantisme ne nuit pas, à condition de ne pas sombrer dans la guimauve... et de veiller à son orthographe. Non, n'hésitez pas à parler cul et cru, en termes choisis. Essayez le dessin suggestif, osez la photo ou la petite annonce coquine découpées dans un magazine. Et si vous en avez la possibilité, faites porter la lettre par coursier. La grande classe.

6. Vous pouvez aussi lui faire porter mille autres choses. Des fleurs, bien sûr, à condition de connaître un minimum leur langage. Des roses rouges pour la passion brûlante et dévorante, jamais d'œillets : ils portent malheur, dit-on. Glissez une carte de visite, sachez trouver les mots qu'il faut pour dire que la couleur de la fleur, la douceur de ces pétales évoquent pour vous le satin de ses lèvres tièdes... Et laissez lui entendre que, le moment venu, vous saurez faire de ce bouquet un usage surprenant et insolite.

7. Ne craignez pas les cadeaux plus suggestifs. De la lingerie par exemple, enrubannée, pliée dans du papier de soie. Osez l'ensemble en dentelle rouge, le string en satin de soie, les jarretelles en cuir, tous ces dessous jolis et coquins imaginés pour elle, comme vous ne manquerez pas de le souligner, et qui mettront si bien en valeur la courbe de ses hanches, la rondeur de ses

fesses, le galbe de ses seins. Sachez faire preuve d'une certaine autorité, exigeant que, vêtue de ces seules parures, le soir même, elle vienne vous ouvrir la porte.

8. Lorsque enfin la femme de vos rêves aura enfilé ces dessous nouveaux, immortalisez-la sur pellicule. Lascive et sans équivoque sur le lit, devant une glace, ou au contraire occupée à des tâches tout à fait ordinaires : au téléphone, en train de se verser à boire, se baissant pour ramasser quelque objet... La prise de photo possède un réel pouvoir érotique. À la fois révélateur, déclencheur et aide-mémoire. Elle excite au moment où l'on appuie sur le bouton, et encore après, lorsque le cliché, toujours à portée de main et de regard, rappellera à la belle combien l'amour avec vous est quelque chose d'exceptionnel, toujours renouvelé.

Vous pouvez aussi lui demander de vous photographier. Ou la surprendre en lui envoyant une photo pas trop ancienne, afin qu'elle puisse vous reconnaître. Votre charmante personne en maillot de bain, bronzé, allongé sur le sable brûlant, les doigts de pied léchés par la mer, conviendra parfaitement. D'autant mieux que vous prendrez soin de lui envoyer ces quelques mots griffonnés au verso : « La caresse de la mer n'est rien en regard de ta peau contre la mienne », ou toute autre dédicace qui vous passe par la tête. Avec une pointe de poésie, de préférence.

9. Racontez-lui vos rêves. Quitte à en rajouter dans le détail, dites-lui qu'elle ne vous a pas quitté de la nuit et qu'elle a même réussi à vous tirer de la douce torpeur des bras de Morphée, la preuve en est une érection matutinale, presque douloureuse de n'être pas satisfaite.

10. Osez aborder vos fantasmes, même les plus fous, les moins avouables. Vous rêvez de l'offrir à un autre homme sous vos yeux, de lui faire goûter aux amours saphiques, aux ébats de groupe, vous avez envie de faire l'amour à plusieurs... Elle ne tardera pas à vous faire part des siens. Vous n'êtes pas obligé de « passer à l'acte », comme disent les psychanalystes, mais ces fantasmes partagés seront la marque de votre complicité croissante. Ils autoriseront les comportements les plus imaginatifs.

11. Proposez-lui un jeu. Demandez-lui de s'asseoir seule à une terrasse de café... Vous serez assis quelques tables plus loin, vous observerez, vous mesurerez son pouvoir d'attraction et de séduction, vous jouirez du fait que les autres la désirent mais qu'elle est à vous et que vous seul profitez de ses charmes.

12. Ayez recours à des stimulations visuelles, sur papier glacé. Commencez par des publications plutôt soft, qui l'exciteront sans l'affoler, vous soupçonnant d'une perversité et d'une lubricité totales, telles des publicités avec des femmes en tenue provocante, arborant des dessous incitatifs. Vous passerez progressivement à des clichés plus épicés, choisis justement pour exprimer vos fantasmes et vous mettre tout deux en position de voyeur. En cas de rejet, voire de dégoût de sa part, n'insistez pas.

13. Peut-être sera-t-elle davantage sensible et plus réceptive à l'art et à la culture ? Cette passion des belles choses vous fera passer pour un amateur éclairé, un véritable passionné d'érotisme, tandis que les journaux pornos risquent de vous classer dans une catégorie nettement moins prestigieuse. Présentez-lui des photos de peintre ou de sculpteur. Rubens ou Maillol pour ne citer qu'eux, ou encore Fragonard, ou des photos de Helmut Newton, grand connaisseur des rotondités féminines... Cela ne vous dispense pas des classiques estampes japonaises, mais c'est plus original, parfois plus beau, plus suggestif, et cela vous permet de procéder à des comparaisons, des associations d'idées. La courbe de ce sein n'est pas sans vous rappeler sa gorge qui palpite sous vos caresses ; et ces cuisses décroisées laissent

deviner une toison dans laquelle vous aimeriez vous étourdir.

Ne vous limitez pas aux représentations de femmes. Des sculptures d'Apollon ou, dans un tout autre genre, des photos de l'Américain Mapplethorpe, avec membres virils s'échappant d'une braguette zippée entrouverte, lui feront un effet certain. Encore plus si vous guidez sa main sur le papier, exactement comme si elle vous effleurait de ses doigts légers et habiles. Vous pouvez aussi lui faire caresser les photos et observer ses réactions...

14. Vous pouvez vous essayer au film pornographique, mais attention ! ils ont parfois un effet contraire à celui recherché. Sur vous aussi d'ailleurs. Préférez l'érotisme moite et torride d'*Équateur* de Gainsbourg, la fatale passion charnelle de *l'Empire des sens*... Si vous ne pouvez vraiment pas résister au porno, préférez les vidéos d'amateur. Elles sont de plus en plus courantes et mille fois plus excitantes que les classiques *Avec quoi soulèves-tu l'édredon ?*, *On suce toujours des esquimaux à l'entracte*, ou le douteux mais fameux *Blanche-fesse et les sept mains*...

Si vous avez un caméscope sous la main, rien n'interdit de filmer vos propres ébats et de les visionner à deux. Attention tout de même de ne pas tomber dans la séance d'autocritique. Même dans les réunions de cellule du Parti, elles tendent à disparaître. Nul ne vous oblige à prendre la relève !

Ambiance et décorum

Curieuses que nous sommes, nous brûlons d'impatience de découvrir votre appartement. Il nous en dira très long sur votre personnalité, votre façon de vivre, vos passions ou passe-temps. Inutile donc de tout bouleverser avant notre venue, nous serions déçues de ne pas retrouver l'empreinte de celui qui nous a plu.

Mais un nid d'amour, ça ne s'improvise pas. Pour que nos corps à corps soit une fête de tous les sens, un minimum de préparation s'impose. Nous serons d'autant plus chaleureuses et reconnaissantes que nous aurons remarqué les délicates attentions que vous avez eues à notre endroit. Il va sans dire que nous les remarquerons même si vous vous efforcez de les rendre les plus discrètes possible.

Évidemment, arranger votre petit nid et lui préparer des surprises est chose plus aisée quand vous ne vivez pas encore avec la femme de vos rêves. Mais quelques jours, quelques semaines ou même quelques années de cohabitation ne vous obligent en aucun cas à laisser traîner vos chaussettes sales sous l'oreiller. Au contraire, soyez vigilant et apprenez à ranger et arranger pour mieux étonner, ce qui reste toujours la meilleure façon de séduire.

Le lit

Même si, comme nous le verrons plus tard, il existe d'autres lieux possibles, et même souhaitables, le lit reste le lieu privilégié de vos ébats amoureux. D'où le soin particulier que vous porterez à cette pièce maîtresse.

15. Il doit être grand afin que vous ne vous retrouviez pas l'un ou l'autre une jambe par terre ou la nuque brisée à la moindre étreinte un peu fougueuse. Doté d'un matelas ferme.

Évitez le sommier à ressort rythmant la progression du désir et du plaisir avec constance. Ce grincement menace de nous distraire. À moins qu'il ne nous donne l'envie de fuir à toutes jambes cette chambre qui rappelle le cabinet du dentiste et sa terrible roulette.

16. Les draps doivent être propres, exempts de toute trace de vos exploits antérieurs accomplis avec d'autres. En revanche, vous pouvez fort bien faire remarquer à l'objet de votre désir que, depuis la dernière fois, vous n'avez pas touché au lit, pour vous endormir dans son odeur, vous en repaître, garder sa trace, vous y lover...

Optez sans hésiter pour le 100 % coton, doux en toute occasion, mais vous pouvez aussi vous laisser tenter par la petite fantaisie en satin, si toutefois votre maîtresse n'a rien contre cette étoffe naguère l'apanage des poules de luxe... et des maisons closes.

17. Si vous la recevez pour la première fois, vous aurez pris la peine de faire votre lit. Ou vous la jouerez un peu plus bohème, la couette défaite d'un seul côté, marquant ainsi que vous avez dormi seul, sans personne pour vous réchauffer. Rappelez-vous qu'elle n'a qu'une envie : vous appartenir, vous aimer, vous dorloter et vous faire

oublier votre solitude, ou vos aventures précédentes, ou les deux à la fois.

18. Il est conseillé de parfumer vos draps d'un peu de votre eau de toilette ou de quelques gouttes d'extraits de parfums « naturels », type musc boisé, ambre ou santal. Un plaisir pour le nez. Et un euphorisant à ne pas sous-estimer.

Le parfum de femme (autre que celui porté par celle que vous recevez ce soir) ou l'odeur de Soupline fraîcheur lavande sont à éviter. Le premier risque de lui donner mal au cœur au point de prendre la poudre d'escampette sans demander son reste ; pour ce qui est de la seconde, vous vous exposez à être confondu avec un autre... mais lequel, au fait ?

19. Que vous ayez ou non l'habitude de dormir seul, vous veillerez à posséder plusieurs oreillers et des plus moelleux. Votre compagne s'y lovera, lascive et sans se faire prier ; et vous pourrez au gré de vos humeurs, de vos envies ou vos besoins, en enlever ou en rajouter. Sous la nuque, sous les fesses, sous les pieds... Est-il nécessaire de vous rappeler qu'en aucun cas vous ne vous servirez d'un des dits oreillers pour étouffer la belle ? Tout au plus pourra-t-elle les mordre pour atténuer ses cris si, dans un sursaut de lucidité, elle se

surprend à avoir peur qu'ils ne réveillent les voisins, conduisant à une émeute généralisée de l'immeuble, et à l'appel de Police Secours pour viol au 3e gauche.

Hors du lit

À moins de vous jeter sur l'objet de votre désir dès son arrivée et de le conduire tout droit dans votre chambre sans même lui laisser le temps de reprendre son souffle, il va sans dire que votre appartement en général, et votre chambre en particulier, seront arrangés de façon à participer à cette incomparable fête des sens que vous mijotez, chaque pièce constituant une étape sur le chemin de l'extase.

20. Soignez la lumière. À bannir absolument, le néon et l'halogène 500 watts. Préférez donc les éclairages indirects, les lumières tamisées. Elles font croire à la timide un peu mal dans sa peau que ses défauts sont ainsi dissimulés, et permettent à l'audacieuse sûre d'elle de tout voir et d'être contemplée.

Les bougies sont toujours du meilleur effet. Parfumées ou non, leur flamme qui vacille au moindre souffle d'air donne à vos corps qui se cherchent et s'enlacent des reflets et des reliefs mystérieux et grisants.

Et êtes-vous à ce point dénué d'imagination que vous n'ayez la moindre idée de ce que vous pourriez faire avec une longue bougie, lisse ou torsadée, mais non allumée ?

21. Certains appartements, certaines maisons de campagne possèdent encore des cheminées. Rien de plus apaisant, de plus chaleureux et de plus stimulant qu'un feu qui crépite dans l'âtre et des braises qui grésillent. Le feu réchauffe, embrase, fascine... Mais à quoi pensaient donc les architectes qui ont supprimé toutes les cheminées de nos logis ?

Si vous êtes au nombre des privilégiés qui en possédez une, vous n'avez pas le droit de ne pas vous en servir. Mais n'oubliez pas le pare-feu : lorsque vous nous prendrez juste devant l'âtre, vous ne voudriez pas qu'une braise enthousiaste nous transforme en Jeanne d'Arc !

22. L'appartement sera rangé, mais pas trop. On vous aime soigneux, pas maniaque. Vous porterez une attention particulière aux sanitaires et les débarrasserez, le cas échéant, des tubes de

rouge à lèvres et autres épingles à cheveux dénonciatrices.

Attention à ne pas tomber dans les outrances de l'intérieur nickel, la reproduction parfaite du dernier reportage de *Elle-Décoration* « Spécial homme célibataire ». Un peu de désordre savamment organisé n'est pas dédaignable. Surtout si vous avez la bonne idée de laisser traîner un bouquin suggestif. Nul besoin d'aller jusqu'aux œuvres complètes du marquis de Sade, mais une bonne anthologie d'écrits érotiques peut donner l'occasion d'une discussion plus approfondie sur le sujet, elle-même suivie de travaux pratiques.

23. Soignez les odeurs. Rien de plus réfrigérant qu'un deux pièces empestant l'eau de Javel... ou la chaussette. Il existe des parfums pour chaque atmosphère. Quelques gouttes sur une lampe diffusent des senteurs qui embaument plusieurs heures durant, sans rien d'entêtant ni d'écœurant.

24. Autant que faire se peut, multipliez les jeux de miroirs. Sans transformer votre chambre en galerie des glaces du château de Versailles, arrangez-vous pour que des miroirs, placés au pied du lit, sur ses côtés, voire au-dessus, vous permettent d'admirer vos ébats et de les démultiplier à l'infini.

Indispensable aussi dans la salle de bains, et pas seulement au-dessus du lavabo. Vous devez pouvoir vous y contempler tous les deux, des pieds à la tête.

25. Et la musique, dans tout ça ? Vous la choisirez en fonction de vos goûts... et surtout des siens ! Évitez la marche militaire (à moins que vous n'ayez affaire à une femme soldat ou une fille de général...) mais, cette réserve faite, tous les genres sont permis. Inutile de faire hurler la chaîne hi-fi, qui couvrirait la plus belle des mélodies : vos soupirs et vos gémissements. Jouez plutôt le fond sonore ; et soyez assez malin pour programmer votre chaîne afin de ne pas être obligé de vous relever en pleine action pour changer de disque : ça déconcentre !

De toute façon, si la musique s'interrompt, pas de panique ! Nous pouvons fort bien nous en passer. À vouloir trop bien faire, vous risquez de nous lasser... et de vous épuiser ! Êtes-vous si sûr de tenir, en rythme, dix *Boléro* de Ravel ou plusieurs Ouvertures de *Leonore III* d'affilée ?

26. En revanche, soyez prévoyant et conservez à portée de main tout ce dont vous pourriez avoir besoin : préservatifs, vibromasseur, bouteille d'eau, douceurs, huiles... tous les accessoires sur lesquels nous reviendrons plus loin et qui se révè-

lent précieux lorsque la passion vous emporte et autorise (presque) tous les débordements, même et surtout les plus imaginatifs.

27. Certaines douceurs, justement, méritent qu'on s'y attarde. Des fruits exotiques que vous ferez lécher et croquer à votre partenaire, du gingembre confit, aphrodisiaque reconnu et délicieux, des chocolats ou autres friandises seront les bienvenus. Une bouteille millésimée, un magnum de champagne, ou quelque liqueur que la belle apprécie, voire même une tisane... Tout ce qui peut lui mettre l'eau à la bouche, le feu aux joues et le diable au corps !

N'oubliez pas de garnir convenablement le réfrigérateur : ayez de quoi vous confectionner une petite collation pour l'après-amour qui est encore de l'amour. Chez certaines femmes, les émotions, ça creuse !

28. Quelques fleurs ne sauraient lui déplaire. D'autant plus qu'au-delà de son parfum, la fleur est agréable à l'œil... et au toucher ! Est-il vraiment nécessaire de préciser ce que l'on peut faire avec un pétale de rose ou un bouton de marguerite ? La fleur se transforme au gré de votre fantaisie et de votre inspiration en accessoire érotique et poétique !

29. Afin que rien ne vienne troubler votre joute amoureuse, pensez à brancher le répondeur, ou même à débrancher le téléphone et la sonnette de l'entrée. Il serait du plus mauvais effet de bondir hors de ses bras à la première sonnerie stridente. D'autant qu'un coup de fil à 11 heures du soir ou 2 heures du matin est toujours suspect. Vous parviendrez difficilement à faire croire que c'est votre patron, qui veut vous parler de Bangkok...

En revanche, si vous attendez un appel vraiment urgent (si, si, ça peut arriver, même si c'est rare !), répondez. Sans pour autant délaisser votre compagne un seul instant. Tout en parlant à votre patron ou votre belle-sœur, continuez à caresser la belle ; embrassez-la entre deux mots... Dans ces moments privilégiés, vous devez absolument lui faire comprendre que rien ne saurait vous distraire ni vous soustraire à sa présence irremplaçable.

Où et quand ?

Petit guide de l'anti-routine

Si vous avez su tenir compte de tout ce qui précède, vous avez mis toutes les chances de votre côté pour que la première impression vous soit favorable. Mais ne croyez pas que tout est gagné ! Faites en sorte que votre intérieur, charmant au demeurant, ne devienne pas une douce geôle. Que la fougueuse ne se mue en prisonnière un peu lasse, étouffant discrètement un bâillement, le regard tourné vers la fenêtre par laquelle elle se surprendrait à avoir des envies de s'échapper.

En matière d'érotisme, il n'est de pire ennemi que la routine. Lorsqu'on ne vit pas (encore !)

ensemble, on y échappe plus facilement... Mais même pour les couples installés, aucun décret, aucune loi n'indique que l'on est obligé de faire «ça» uniquement sous la couette et le soir après le journal télévisé de 23 heures. Un peu d'imagination, que diable !

Il est d'autres lieux, d'autres moments pour émoustiller notre libido. Tout changement de décor inattendu, surprenant, insolite se révèle un puissant aphrodisiaque. À plus forte raison lorsque la joute amoureuse apparaît soudain comme un jeu dangereux et défendu. L'urgence, la peur de se faire prendre, le sentiment de sa propre audace, contribuent à rendre ces moments inoubliables, car exceptionnels. Et fugaces. En effet, de tels ébats sont souvent rapides (mon amant préféré les surnomme d'ailleurs des «quicky»). Tant pis... Et tant mieux. C'est ce qui fait leur saveur.

30. Inutile de quitter votre appartement à toutes jambes. Profitez au contraire de toutes les possibilités qu'il offre. À commencer par le tapis ou la moquette du salon (en pure laine de préférence, nos peaux fragiles sont sujettes à irritation sur du synthétique) où vous renverserez la belle qui embrase vos sens, après être venu, à ses pieds, réclamer des caresses à la manière d'une jeune chien fou.

Ne négligez aucun endroit ou recoin pour nous prendre impétueusement. La cuisine, bien sûr, lieu culte et fétiche depuis les scènes torrides du film *Le Facteur sonne toujours deux fois*, mais aussi la salle de bains, et l'entrée. Ah ! l'entrée ! À peine arrivé, n'y tenant plus, vous vous jetez sur celle qui vous accueille avec chaleur. Et voilà qu'au moment de partir, c'est plus fort que vous, vous la désirez encore... Qui peut résister à tant d'ardeur ?

31. Pensez à l'ascenseur. Chez vous ou dans n'importe quel lieu public. À condition que votre compagne ne soit pas, malgré le pouvoir de vos baisers et vos étreintes, une incurable claustrophobe.

Point n'est besoin de grimper dans une tour de La Défense ou un gratte-ciel de Manhattan pour atteindre le septième ciel. Il vous suffit d'appuyer sur le bouton « stop » et voilà l'ascenceur coincé. Je me souviens d'une grande société où j'ai travaillé. Chaque jour à l'heure du déjeuner, il tombait mystérieusement en panne. Et chaque jour, très étrangement, la secrétaire du P.-D.G. et le directeur commercial finissaient par en sortir. L'air plus content qu'affolé, même si l'on pouvait penser que leurs joues rouges et leurs vêtements légèrement froissés n'étaient pas à mettre sur le compte de la panique qui les avait saisis lors de cet incident... à répétition.

32. À propos d'immeubles, aviez-vous songé à la cage d'escalier ? Au retour d'un dîner, faites asseoir la belle sur une marche et enfourchez-la. Veillez tout de même à ne pas vous livrer à vos ébats à l'heure où la concierge – pardon : la gardienne – effectue son ménage. Un coup de balai est si vite arrivé !

Évitez également le local à poussettes, peu spacieux, et celui dévolu aux poubelles, guère propice aux débordements des sens.

33. Vous souvenez-vous du film de Louis Malle, *Fatale* ? On y voyait le séduisant Jeremy Irons et la belle Juliette Binoche, en proie à la plus folle des passions, s'abriter sous des portes cochères pour des joutes amoureuses, debout, qui leur arrachaient des râles de plaisir.

Faut-il préciser que, si nous autres femmes avons aimé ce film, ce n'est pas seulement à cause de la valeur architecturale des portes cochères ?

34. De la nouveauté, encore et toujours ! Téléphonez-lui à son bureau, et pressez-la d'accepter une invitation à déjeuner... Donnez-lui rendez-vous dans un endroit insolite et impersonnel, une terrasse de café ou un jardin public, pour ménager l'effet de surprise, et conduisez-la directement, non au restaurant, mais dans un hôtel où

vous aurez pris soin de réserver une chambre. Je ne saurais trop vous conseiller les hôtels dits « de passage » qu'affectionnent les couples illégitimes. Le décor y est plus proche de celui d'un bordel chic que de la suite au Ritz, mais, érotiquement parlant, c'est très efficace ! À vous les miroirs au plafond, les étroits couloirs feutrés, les chambres au numéro doublé d'un nom de code ou de couleur. Si vous y venez plusieurs fois de suite, vous aurez droit au coup d'œil complice de la maîtresse des lieux qui vous demandera d'un air entendu si vous préférez « la bleue » ou « la Maintenon ».

35. Pour ce qui est de l'hôtel, plusieurs variantes possibles. Donnez-lui rendez-vous au bar, à l'heure du thé ou de l'apéritif. Et conduisez-la dans la chambre préalablement réservée pour la nuit. Pensez à vous y faire servir une collation. À déguster avant ou après l'amour, selon les tempéraments.

Dans tous les cas, souvenez-vous que ce lieu est magique, synonyme d'évasion, de vacances, de rendez-vous secrets... On accuse les hôtels appartenant à des chaînes d'être impersonnels. Rien ne vous empêche de rendre la chambre un peu plus chaleureuse en veillant à y faire installer au préalable des fleurs ou une corbeille de fruits. Ou de choisir des hôtels moins modernes. Dans tous les cas, votre conquête vous sera reconnaissante de cette escapade impromptue et vous en remerciera sans plus attendre.

36. Et si vous vous faisiez une toile ? Choisissez de préférence un vieux film ou une séance de début d'après-midi, et installez-vous au fond de la salle. À moins de vous retrouver devant un chef-d'œuvre impérissable (mais ils sont nettement plus rares qu'on pourrait le penser), n'hésitez pas à distraire votre belle accompagnatrice. Commencez par lui prendre le bras, passez ensuite lentement votre main entre ses cuisses croisées, puis, d'un geste doux mais ferme, obligez-la à les décroiser. Caressez longuement ses cuisses pour remonter jusqu'à son trésor dissimulé. Couvrez-la de baisers. Entrouvrez son chemisier... Déjà sa main s'attarde sur votre braguette, tente de l'ouvrir, d'écarter votre slip ou votre caleçon (ou rien du tout, s'il vous prenait parfois la bonne idée de ne rien mettre sous votre jean !) pour saisir votre queue... Le film vous laissera un souvenir impérissable, même si le vrai chef-d'œuvre s'est joué dans la salle obscure et non sur l'écran.

37. Un slogan publicitaire l'affirme (on ne saurait trop féliciter son auteur pour tant de pertinence) : « Avec la SNCF, tout est possible. » De jour comme de nuit.

De jour, dans un de ces grands wagons où l'on est sagement assis en rang deux par deux, vous procédez comme au cinéma. Pour vous protéger des regards indiscrets, réprobateurs ou envieux (réprobateurs parce qu'envieux ?) des engourdis qui font l'aller-retour dans l'allée centrale, couvrez-vous douillettement d'un manteau ou d'un grand châle : ils dissimuleront votre main habile retroussant sa jupe pour caresser sa chatte. Vous pouvez en rester là ou bien poursuivre dans les toilettes... Vous assis sur le siège, couvercle rabattu, elle vous chevauchant. Ne vous laissez pas distraire par les impatients qui s'agitent derrière la porte, et tentez de sortir le plus discrètement possible. Pas la peine de vous faire remarquer.

De nuit, selon vos moyens, optez pour la couchette ou le wagon-lit. Dans la première, le plaisir sera décuplé par la crainte de se faire surprendre par un voisin insomniaque. Dans le second, il sera stimulé par un certain confort. Dans un cas comme dans l'autre, le roulis du train vous berce et vous projette l'un contre l'autre, pour des coups de reins appuyés.

Il va sans dire que de telles expériences ne sauraient se limiter au train. Libre à vous de vous « envoyer en l'air », au sens premier du terme, dans l'avion. Préférez uns vol Paris-New York ou Paris-Tokyo à un Paris-Strasbourg : les repas et les projections de films constituent une excellente distraction pour le commun des mortels, et une trop belle occasion pour les fougueux amants que vous êtes.

38. Rappelez-lui ses quinze ans (et profitez-en pour vous remémorer les vôtres) en poussant le flirt en voiture. Embrassez-la au feu rouge puis enhardissez-vous. Gardez tout de même une main sur le volant et, de l'autre, caressez ses seins, ses jambes. Puis prenez sa main et conduisez-la sur votre braguette...

Vous êtes autorisé à vous arrêter dans un coin un peu tranquille, à incliner les sièges et à renverser la diablesse. Un bain de jouvence !

39. Lors d'une escapade de week-end ou d'un voyage, sécurité routière oblige, pensez à la pause détente ! Descendez de voiture pour vous enfoncer dans les bois. Vous choisirez un tapis de mousse à l'ombre protectrice d'un arbre et y étendrez votre veste afin que la belle ne se pique pas sur une bogue de châtaigne, en goguette elle aussi ! Loin des grands axes routiers, pensez aussi aux meules de foin dans un champ désert juste après les moissons, ou à une grange à l'abandon.

40. De l'audace, encore de l'audace, toujours de l'audace ! Lors d'un dîner chez des amis, à peine l'entrée terminée, vous lui faites du genou. Vous pouvez même, si vous êtes bien placé, ôter votre chaussure et glisser votre pied entre ses cuisses afin de l'exciter davantage ; le frottement

de votre chaussette (en pure laine ou en fil d'Écosse, s'il vous plaît) contre son slip occasionnera de surcroît un léger bruit qu'elle devra s'efforcer de couvrir.

Après le dessert, éclipsez-vous ensemble dans la salle de bains et prenez-la comme vous voulez : contre le mur, sur le lavabo, le rebord de la baignoire ou la cuvette des toilettes. À moins que vous ne préfériez la chambre à coucher de vos hôtes et leur lit, avec tous les manteaux des convives entassés pêle-mêle... Si le cœur vous en dit, laissez la porte entrouverte : la crainte de vous faire surprendre décuplera votre plaisir.

41. Pensez au hammam, ses vapeurs incitent davantage à l'indolence que la chaleur sèche du sauna. Au contraire, ce dernier vous donnera de l'énergie pour la suite ! Si la plupart des hammams alternent les jours réservés aux hommes et aux femmes, nombre d'entre eux proposent désormais des heures ou des jours mixtes. Vapeur, langueur, odeur, moiteur... à croire que tout est fait, conçu, pensé pour vous encourager ! Nus tous les deux, ou pudiquement couverts de votre seul slip, commencez par masser la belle, frottez-la avec un gant (pas tout de suite avec votre sexe), rincez-la avec l'eau claire des petites fontaines... Prenez-la dans une des alcôves conçues à cette intention par les architectes orientaux, ou attendez la douche finale. C'est tout aussi bon, aussi chaud, aussi excitant.

42. Soucieux d'entretenir votre forme et votre ligne, vous vous êtes inscrits tous deux dans un club de gymnastique : on ne saurait trop vous en féliciter ! Profitez-en pour pratiquer un sport intensif et non prévu par le règlement, de préférence au dehors de la salle de musculation. Glissez-vous dans le vestiaire des femmes ou entraînez-la dans celui des hommes, lieux idéaux pour pratiquer certains abdominaux...

Vous n'êtes pas obligé de vous inscrire dans le même club. Dites-lui de vous rejoindre au tennis ou allez la chercher à son cours de danse, et faites-lui le grand jeu. Dans le vestiaire ou dans la salle de danse désertée : la barre et les grandes glaces sont autant d'alliés inespérés...

Corps à cœur :

les délices des préliminaires

S'il est bien une chose que les femmes peuvent vous reprocher, c'est de ne pas consacrer assez de temps aux préliminaires. Tous ces instants où l'on sent la tension monter, le désir gagner une à une chacune de nos cellules, notre gorge devenir de plus en plus sèche et nos lèvres de plus en plus humides. Ce moment où votre sexe, Messieurs, raide et turgescent, ne cesse de grandir. Les préliminaires permettent d'apprivoiser nos corps, nos cœurs et nos esprits toujours avides de sensations nouvelles. Ils renforcent la complicité, la confiance, forgent l'entente et ne sont jamais deux fois semblables.

Sauf urgence et exception, nous ne saurions nous en passer. Les préliminaires ne sont pas des amuse-gueule qui bourrent et coupent l'appétit ; ils sont au contraire invitation au plaisir, piments de la pénétration à venir, ingrédients indispensables et presque aussi bons que l'orgasme lui-même.

Souvenez-vous des préceptes du Kama-Sutra : « Rudesse et impétuosité caractérisent la vitalité masculine. Tandis que tendresse, affectivité, douceur et aménité sont les tendances propres au sexe féminin. Bien que la fougue et certains comportements semblent parfois prouver le contraire, la nature spécifique des deux sexes reprend, à la longue, ses droits. »

Aussi, messieurs, refrénez votre appétit et sachez faire monter la tension. Vous ne le regretterez pas.

Jouons un peu

L'amour est chose sérieuse : raison de plus pour s'amuser ! En inventant des jeux qui n'appartiennent qu'à vous, en vous aidant de jouets sélectionnés à dessein. Les premières fois, à la vue de certains objets inhabituels, les plus prudes prendront peut-être des mines effarouchées ; à vous de les initier, de leur en apprendre les règles ou le mode d'emploi. Il suffit d'un peu d'attention et de beaucoup de sensualité.

Malgré votre patience et votre délicatesse, il se peut que vous ne parveniez pas à vaincre les réticences de la belle, pourtant peu farouche par ailleurs. Ne considérez pas cela comme un échec personnel et délaissez alors les joujoux spécialisés. Il vous reste d'autres jeux, et bien des objets détournés de leur usage initial remplaceront avantageusement les gadgets du commerce !

43. Commencez par le godemiché, le plus connu et le plus utilisé de tous les accessoires. Passez-le sur ses tétons, sur son nombril, sur sa chatte, sur son périnée, puis introduisez-le dans son vagin. Allez et venez. Variez la vitesse et la pression. De l'autre main, ne cessez pas de la caresser.

44. Invitez-la à se saisir elle-même de l'objet du délice et à continuer ce que vous avez si bien commencé. Vous guidez sa main qui tient l'engin, vous la caressez de l'autre, puis vous la laissez faire seule, en la regardant. L'excitation montant, vous pouvez vous caresser aussi... Gageons qu'après un tel plaisir elle brûlera d'envie d'inverser les rôles et de vous rendre la pareille, ce qui est bien la moindre des choses !

45. Agrémentez le jeu qui précède en badigeonnant l'extrémité du godemiché d'huile essentielle ou de crème lubrifiante. Pour un contact plus doux, plus chaud, plus sensuel qui vous permettra, si la belle l'autorise, une approche de son anus.

46. Pour des accessoires plus sophistiqués, n'hésitez pas à vous rendre dans un sex-shop et à vous renseigner sur les dernières nouveautés. Le choix est vaste. On y trouve par exemple des petits manchons à poser sur le bout de la verge. Ils sont pourvus de bosses, de petites dents et autres crêtes : autant de fioritures qui chatouilleront agréablement le vagin de votre compagne. Votre choix peut se porter sur les fameuses boules chinoises, enfilées le long d'une petite cordelette. Le jeu consiste à les introduire dans l'anus et à les retirer, très délicatement, une à une, en tirant sur la ficelle. Bien entendu, la liste n'est pas exhaustive !

Proposez à la femme de tous vos désirs de vous accompagner dans cette promenade insolite. Complicité garantie et assurance qu'elle ne prendra pas la poudre d'escampette à la vue de vos emplettes !

Accessoires

47. Si l'idée de vous rendre dans pareil lieu d'incitation à la débauche heurte trop vos restes d'éducation bien pensante, ayez recours à des objets plus communs que vous détournerez de leur fonction première. Pensez au foulard que vous promènerez sur son corps, avec lequel vous lui banderez les yeux ; au collant ou au bas pour la bâillonner, la ligoter...

48. Une plume pour la caresser et la chatouiller délicieusement. Si vous n'avez pas de plume, ce qui, après tout, n'aurait rien d'extraordinaire, pensez à certaines fleurs séchées ou au plumeau dont elle se sert pour appliquer du blush sur ses joues. Faute de mieux, une toute petite plume arrachée au duvet de la couette, c'est si bon. Elle caresse d'un côté, griffe légèrement de l'autre ; voilà un maniement qui ne nécessite pas de mode d'emploi !

49. Le *piercing* est à la mode, ses adeptes lui prêtant des vertus érotiques incontestables. Sans aller jusqu'à vous faire trouer de partout, vous pouvez fort bien lui emprunter les anneaux qui pendent à ses oreilles et lui en pincer la pointe

des seins, ou les vôtres... À essayer sur toutes les parties du corps qui vous inspirent.

Maîtres(ses) et esclaves

50. Demandez-lui de vous attacher les mains derrière le dos et caressez-la avec ce qui vous reste, c'est-à-dire beaucoup de choses : vos cheveux, votre langue, vos cils, vos dents, votre queue.

51. La femme est libérée, certes, et c'est bien pour cela qu'elle peut parfois revendiquer le droit et le plaisir d'être soumise. Avec une ceinture ou un foulard, liez-lui les poignets. La voici livrée à votre bon vouloir. Pour manifester son désir, son consentement, et provoquer le vôtre, la tigresse n'aura de cesse de jouer des hanches, des reins, des jambes et des pieds. Ni elle ni vous ne regretterez ce petit jeu-là.

52. Installez-la sur vos genoux, sa superbe croupe en l'air, et fessez-la d'une main ferme et qui claque pour mieux caresser. La belle se cabre,

soupire, en redemande. Vous pouvez faire la même chose avec une ceinture... Sans jamais oublier qu'il s'agit d'un jeu amoureux et non du prétexte à un défoulement plus ou moins sadique.

53. Osez lui proposer la séance dite du coiffeur. Vous vous êtes plongé à plusieurs reprises déjà dans la douce chaleur de sa toison, et vous la rêvez sans poil... Allongez-la sur le lit, avec une serviette sous les fesses. Commencez par couper les poils, puis, très doucement, à l'aide d'un peu de mousse à raser ou de savon (doux le savon, sinon ça pique !) et d'un rasoir plongé dans de l'eau tiède, enlevez le long duvet restant. De la douceur et de la précision s'imposent, mais quel régal lorsque tout et fini ! Séchez. Soit en léchant, soit avec une serviette avec laquelle vous triturerez son clitoris brûlant. Puis faites-la toucher le velouté de sa peau, emmenez-la devant une glace afin de contempler ensemble son mont de Vénus enfin révélé dans sa nudité.

Jeux d'enfants

54. Lancez-lui un défi, menacez-la de gages si elle flanche. Un matin, demandez-lui de sortir sans culotte et de rester comme ça toute la journée. Si elle ne tient pas, ce soir, elle sera votre esclave. Elle peut se « venger » en vous demandant de mettre sa (toute) petite culotte, sur votre veste, à la place de votre pochette habituelle. Gare à vous si vous vous défilez, vous risquez le fouet !

55. N'importe quel jeu peut devenir érotique à souhait. Poker, belote, bataille, transformés en « strip », deviennent aussitôt plus excitants. À chaque point perdu, c'est un vêtement qui disparaît... Le premier qui se retrouve entièrement nu est « condamné » à faire l'amour à l'autre. Il existe pire punition.

56. Nul besoin d'attendre Carnaval ou Mardi-Gras pour se déguiser. On ne vous demande pas pour autant d'endosser la panoplie complète de Superman ou la cape et l'épée de d'Artagnan ! Un petit tablier sans rien en dessous et voici la belle métamorphosée en soubrette ; une grande chemise blanche et vous voilà médecin ou elle infir-

mière, tenu(e) à une auscultation minutieuse... Une cravache, des bottes, et c'est le dompteur ou la dompteuse. En avant pour le grand cirque, les lions et les lionnes sont affamés !

Également au catalogue...

57. Demandez à la sublime créature qui est en face de vous (ou déjà tout à côté) de vous offrir un strip-tease torride. Choisissez une musique adéquate : Marvin Gaye ou Brian Ferry, pour ne citer qu'eux, conviennent parfaitement, et regardez la femme de vos désirs en vous caressant. Il n'est pas interdit de photographier ou de filmer pour immortaliser ce moment magique où la belle s'offre à vous. Vous pouvez aussi inverser les rôles et vous déshabiller, monsieur, avec toute la sensualité qui convient à ce genre d'exercice.

58. Et puisque nous en sommes à la musique, invitez-la à danser. Entièrement nus tous les deux, pour un slow langoureux pendant lequel vous lui ferez sentir et apprécier toute l'ardeur de votre membre viril, dont l'érection ne lui laissera aucun doute quant à la nature de votre désir.

Douceurs

59. Enduisez la pointe de ses seins et l'entrée de son sexe d'un peu de crème. Léchez, dégustez. Miel ou confiture feront également l'affaire. Salé ou sucré, tout est question de goût personnel. Évitez quand même l'anchoïade, la tapenade ou l'aïoli, nettement plus gras, qui risquent de vous parfumer l'haleine de façon rédhibitoire.

60. Présentez-lui votre sexe enduit d'une de ces spécialités. Demandez-lui de lécher jusqu'à disparition complète, sans quoi vous la menacez de la pénétrer sans autre cérémonie.

61. Faites couler un peu de champagne dans le creux de son nombril et lapez. Renouvelez jusqu'à plus soif, et sachez vous arrêter avant l'ivresse. Le but, rappelons-le, n'étant pas de vous saouler mais de lui prouver, par tous les moyens à votre disposition, l'estime que vous lui portez.

62. Demandez-lui de soulever les fesses. Posez délicatement un ou deux coussins en dessous et versez le champagne sur son clitoris, ses lèvres, et dans son sexe. Léchez, puis buvez ce calice... non pas jusqu'à la lie, mais jusqu'au bord de l'extase.

63. Comme nous vous l'avons déjà conseillé, gardez toujours à portée de main... et de bouche, des fruits, type raisin ou framboise ; ou des chocolats, à moins que la belle qui, pour l'heure, ronronne en toute quiétude, ne risque de vous reprocher le lendemain de vouloir la transformer en boudin. Par pure jalousie ou possessivité abusive !

Par simple prudence, et également pour ne pas voir vos attendrissantes poignées d'amour se métamorphoser en abominables pneus, préférez les fruits frais. Faites rouler un grain de raisin sur son corps frémissant ou chatouillez ses tétons avec une fraise. Introduisez ensuite le fruit choisi dans votre bouche et offrez-le lui. Le premier qui y met un doigt a un gage ! Cette partie de bouche-à-bouche excitante peut se décliner à l'infini. Vous pouvez ainsi juger de la mécanique des fluides avec un peu d'alcool. Une gorgée de vin, de vodka ou de champagne, bien en bouche, est de ces aphrodisiaques irrésistibles qui permettent de tout connaître des pensées de l'autre. Pour le cas où vous auriez encore des doutes... Il va sans dire que vous vous empresserez de lécher les quelques gouttes de breuvage qui ne manqueront pas de glisser le long de son cou pour aller s'évanouir entre ses seins.

64. Donnez-lui la becquée, comme à un bébé. Yaourt, crème au chocolat ou aux marrons,

compote, peu importe. Mettez-en dans une petite cuillère que vous lécherez consciencieusement afin que rien ne dégouline, puis vous l'offrirez à la dame. Si elle en met sur ses lèvres, c'est à vous de lécher... Un exercice de cette nature, tout en jeu de langue et en suggestion, ne peut que faire monter la fièvre qui déjà vous fait frissonner.

À l'eau

Est-il nécessaire de le rappeler aux latins, qui ne passent guère pour être des champions dans l'utilisation de la savonnette : être propre reste, en amour comme ailleurs, in-dis-pen-sa-ble !

Évitez cependant de vous barricader dans la salle de bains juste avant de passer aux choses sérieuses. La créature de rêve qui commençait juste à s'échauffer sous vos baisers risquerait fort de refroidir le temps de vos ablutions ; d'ailleurs, rien de moins excitant que d'embrasser une bouche-Colgate, de sucer un sexe-Monsavon et de respirer des aisselles-Williams double fraîcheur longue durée...

S'il est une chose qui vous appartient en propre, c'est le cas de le dire, c'est bien votre odeur ! Celle-là même qui permet de vous identifier, les yeux fermés, entre mille autres hommes. Celle qui vous rend unique et inoubliable.

65. Que cela ne vous empêche nullement de choisir avec soin une eau de toilette aux fragrances enivrantes. L'ambre, le musc et le vétiver sont parmi les plus irrésistibles. Mais tous les goûts sont dans la nature et vous ne manquerez pas de demander les siens à l'objet de votre désir.

66. La toilette peut devenir un moment d'un érotisme extrême, à condition de la partager à deux. Elle prend alors valeur de délassement et de mise en condition. Plutôt que de goûter en solitaire aux joies de la baignoire, conviez-la à vous y rejoindre. La galanterie exige même que vous lui proposiez de lui faire couler un bain. Vous n'êtes pas obligé, comme à Hollywood, de remplir la baignoire de champagne ou de lait d'ânesse ; toutefois, des sels, de la mousse ou quelques gouttes d'huiles essentielles seront toujours les bienvenus. Ils sentent bon et adoucissent la peau.

67. Pendant que la sirène se prélasse langoureusement sous la mousse en vous jetant des œillades sans équivoque, offrez lui un verre... déshabillez-vous très lentement.

68. Asseyez-vous sur le rebord de la baignoire et amusez-vous ! Proposez de la savonner, demandez lui de se mettre debout et, avec un gant de toilette, une éponge ou, mieux encore, avec vos mains, caressez plus que vous ne frottez, toutes les parties de son corps. De dos, en insistant sur les fesses. Puis de face, en portant un soin particulier à ses seins et à son sexe. Faites-lui lever les bras, afin de ne pas oublier les aisselles. Puis rincez, avec la douche, ou avec l'éponge détrempée que vous essorerez sur son corps. Attention au visage. Si la belle naïade est maquillée et n'utilise pas de mascara waterproof, elle risque de vous en vouloir de la faire ressembler à une femme battue !

69. Amusez-vous encore ! Un peu de mousse sur le bout du nez, puis sur le bout des seins, avant de plonger votre main, de plus en plus profond.

70. Rejoignez-la sans trop tarder, avant que l'eau ne fripe sa peau ! Et là, faites ce que vous voulez ! Baisers, caresses ou plus, c'est comme vous le sentez. Et justement, dans l'eau, on se sent très bien. Sans pesanteur ni tension, l'esprit détendu... Tout est possible et tout est bon.

71. Les divertissements décrits plus haut se révèlent évidemment impraticables dans une bai-

gnoire-sabot ou un bac à douche ! Ce qui ne signifie pas pour autant que la douche interdise les joies et les surprises, bien au contraire ! Invitez-la à vous rejoindre, passez le jet d'eau le long de son corps. Plaisir garanti et décuplé si la douche possède un pommeau-masseur. Vous veillerez à varier l'intensité du jet, le lui passerez doucement sur les seins puis sur le sexe, sur lequel vous vous attarderez. Promesse d'autres massages à venir...

72. À la sortie du bain ou de la douche, enveloppez-la dans un grande serviette ou un peignoir éponge. Frottez doucement. Bouche grande ouverte, écrasée contre l'étoffe, soufflez pour la réchauffer. Terminez cette toilette en lui passant du lait parfumé sur tout le corps.

Vêtements et sous-vêtements

Aucun doute là-dessus : du jeu érotique, ils sont l'un des principaux atouts. Aussi, de grâce, Messieurs, apprenez à manier les dessous féminins avec adresse ! Rien de moins érotique que des doigts nerveux arrachant une agrafe de soutien-gorge ou démontant une jarretelle récalcitrante.

Pire encore si le maladroit peste, râle, maugrée et laisse échapper un : « Bordel ! qu'est-ce que c'est que ce truc ? », qui le fait passer, au choix, pour un grossier personnage, un puceau à éduquer ou un allergique aux colifichets à la mode.

Ces « trucs », sachez-le, sont l'un des piments de l'amour. Pour nombre d'entre vous, Messieurs, fétichistes de la guêpière et du porte-jarretelle, il ne saurait y avoir de plaisir sans eux. Certes, on peut s'en passer, et bien des femmes ne craignent pas de les délaisser afin de mesurer votre degré d'excitation lorsque, glissant une main téméraire sous leur jupe, vous ne rencontrez aucun obstacle sur le chemin de leur jardin secret.

Cependant, les femmes « libérées de la libération » sont de plus en plus nombreuses à redécouvrir le plaisir des jolis dessous. Elles les choisissent le plus souvent en pensant à vous, imaginant l'effet qu'ils vous procureront... À moins que, comme nous ne saurions trop vous le conseiller, vous n'ayez la bonne idée de nous faire livrer à domicile de la lingerie tant convoitée.

Entraînez-vous donc à manier l'agrafe et la jarretelle avec dextérité. Vous vous rendrez très vite compte que cet exercice requiert des facultés intellectuelles et manuelles tout à fait à votre portée.

Devenir expert en la matière ne signifie nullement que vous deviez vous en débarrasser en un clin d'œil. Haro sur le mufle qui arrache sans un seul regard, ni un seul mot, ces petites merveilles choisies avec amour. Prenez votre temps, admirez la lingerie et ce qu'elle renferme. Et amusez-vous !

73. Déshabiller une femme est tout un art. Selon l'humeur, vous pouvez la jouer sauvage, vêtements arrachés par vos mains frénétiques. C'est exotique, voire torride, à condition de choisir son moment et de porter un minimum d'attention au chemisier de soie que vous risquez de déchirer dans un excès d'ardeur... Ce qui vous obligerait, on ne saurait exiger moins, à lui en offrir un neuf dès le lendemain.

74. Rien ne vous interdit, à l'opposé de la bête instinctive, de choisir la manière douce, à l'instar de la belle Juliette Greco, égérie de Saint-Germain-des-Prés, susurrant :

Déshabillez-moi... Déshabillez-moi...
Oui, mais pas tout de suite,
Pas trop vite...
Sachez me convoiter...

Prenez donc le temps d'un effeuillage doux et langoureux. Caressez et embrassez l'épaule que vous venez de découvrir, plongez dans le décolleté, détachez les boutons un à un, jouez avec la fermeture Éclair, faites la descendre et remonter... Et que cela dure ! Extasiez-vous sur chaque parcelle de peau ainsi dévoilée. En vous souvenant de ce que disait votre maman chérie lorsque vous trépigniez devant les vitrines de jouets à l'approche de Noël : « L'attente, c'est déjà la moitié du plaisir. » C'est encore plus vrai aujourd'hui où cette attente n'en est pas vraiment une et ne saurait trop s'éterniser...

75. Jouez avec les sous-vêtements. Découvrez, recouvrez le téton, embrassez-le à travers la dentelle du soutien-gorge (pigeonnant ou non, là n'est pas la question). Laissez votre amie ainsi, un sein à moitié nu, l'autre encore sagement caché, et passez à la petite culotte.

Ramenez-la dans la raie des fesses à la manière d'un string que vous tirerez vers le haut des reins afin de frotter et brûler son sexe. Caressez sa chatte à travers le mince morceau d'étoffe, titillez le clitoris en le faisant apparaître et disparaître sous le tissu. Sans vous préoccuper de la culotte, introduisez vos doigts dans le vagin, allez et venez. Le contact du tissu, soie et dentelle, sur les parois vaginales est irrésistible. Mieux encore que tous les accessoires dont vous parez l'extrémité de votre membre fier.

76. Si vous avez bien joué, la petite culotte est humide. Retirez-la délicatement en la faisant glisser les long de ses jambes, puis portez-la à votre visage. Humez, respirez, embrassez... C'est le parfum de la femme dont vous vous enivrez ainsi. La belle vous en saura gré.

77. Jouez avec le porte-jarretelles, faites le claquer, en douceur puis de plus en plus fort. Bruit sec et mat. Dites-lui qu'elles sont comme une parure de paquet cadeau sur ses jambes sublimes. Dégrafez. Très lentement, faites rouler le bas.

78. Sauf si la femme fait preuve d'une passivité suspecte, d'une timidité maladive ou d'une paresse répréhensible, laissez-la vous déshabiller. Vous pouvez même lui proposer de la guider dans sa tâche, en prenant d'autorité sa main que vous presserez d'entrée de jeu contre votre braguette gonflée, tendue, sur le point de craquer. Une façon comme une autre de signifier qu'il y a une certaine urgence.

Vous pouvez l'aider à défaire une ceinture récalcitrante, mais, de grâce, ne vous déshabillez pas tout seul à la vitesse de l'éclair. Rien de moins sexy qu'un homme retrouvé nu sous la couette en moins de cinq secondes chrono, le premier baiser à peine dégusté.

79. Pour pimenter à loisir l'effeuillage, vous êtes parfaitement autorisé à revêtir des dessous... disons surprenants. Osez le string, le caleçon avec un trou pour laisser respirer votre queue. Tout est conseillé, tout est permis, surtout les surprises.

80. La belle est enfin nue... Elle peut le rester, mais rien ne vous empêche de recourir à un vêtement, choisi avec soin. Un de mes amants, un jour, m'a demandé d'enfiler le Perfecto qu'il avait eu le bon goût de m'offrir quelques jours auparavant. Amoureuse et docile, toujours avide de nouvelles sensations, je me suis exécutée. Ah, le bruit du cuir qui crisse et se froisse !

Les années ont passé, les amants aussi, mais je n'ai pas oublié cette nuit-là, avec cet amant-là.

81. Si vous vous êtes déshabillé avant l'arrivée de la belle, pensez à revêtir un peignoir ou un kimono. Ceinturé de façon souple, il s'entrouvre au moindre mouvement, quand vous vous asseyez, vous levez, croisez et décroisez vos jambes, laissant alors apparaître un torse qui palpite et un sexe vigoureux, plein de promesses. Autant de visions propres à donner des idées à toute spectatrice attentive.

Massages

Moment privilégié s'il en est ! Les massages permettent de découvrir et d'apprivoiser le corps de l'autre, de lui témoigner tout le désir qu'il provoque en vous, toute la patience dont vous faites preuve à son endroit, toute la tendresse et l'attention que vous lui portez.

Contrairement à ce que vous pensez, le fameux massage thaïlandais qui fait fantasmer les mâles des cinq continents n'est pas le seul à être doté de vertus érotiques et aphrodisiaques. Le simple fait d'être nu suffit à conférer à ces instants de délassement un pouvoir érotique indéniable.

Pour s'essayer aux massages, point n'est besoin de posséder de techniques ou compétences particulières. Nous ne sommes pas chez le kinésithérapeute. Seul compte votre désir de faire plaisir à l'autre qui, à la seule idée de s'abandonner à vos mains douces et expertes, se sent déjà toute chavirée, vaincue par tant de dévouement et de prévenance. Prenez soin tout de même de vous livrer à ces exercices dans une pièce bien chauffée afin que les frissons de plaisir ne se transforment pas en claquements de dents !

82. *Massage de la nuque.* C'est là que s'accumulent le plus souvent les tensions nerveuses. Asseyez la belle sur vos genoux et, si besoin est, relevez-lui les cheveux. En exerçant une légère pression avec vos deux pouces, descendez depuis la base du crâne jusqu'au bas du cou, en suivant la colonne vertébrale. Recommencez plusieurs fois, toujours de haut en bas, et élargissez aux côtés, en

partant de sous la base de l'oreille. Enfin, massez les épaules, de l'intérieur vers l'extérieur, avec les pouces, puis avec la main toute entière en pinçant légèrement la peau. Peu à peu, votre compagne se détend, se laisse aller. La tête relâchée, un peu lourde, elle s'abandonne contre votre joue.

83. *Massage des pieds*. On les délaisse trop souvent alors qu'ils sont une zone érogène à part entière et regroupent un grand nombre de terminaisons nerveuses. Souvenez-vous du film chinois *Épouses et Concubines*. Un homme vivait avec ses quatre épouses et choisissait chaque soir celle avec qui il allait passer la nuit pour l'honorer comme il se doit. L'heureuse élue avait alors droit à une mise en condition. Une servante venait lui masser la plante des pieds avec des petites boules bien rondes... Détente et érotisation garanties. Si vous n'avez pas d'engin adéquat (balles de ping-pong, hochet...), pas de panique, vous pouvez fort bien vous servir de vos mains. Tapotez, puis massez avec les doigts, sans oublier les orteils que vous prendrez un à un en les étirant légèrement. Et, comme dans la chanson : « Embrassez quand vous voudrez... » Même les moins chatouilleuses n'y résistent pas.

84. *Massage du dos*. À force de se tenir mal ou d'adopter des positions trop fantaisistes, le dos

fatigue. Demandez donc à votre partenaire de s'allonger à plat ventre sur le lit. Et commencez par contempler la vision féerique de ses courbes avant de commencer à masser, du creux des reins en remontant jusqu'au cou. Suivez d'abord la colonne vertébrale avec les pouces, puis élargissez sur les flancs, avec les paumes. D'un mouvement circulaire, insistez sur le creux des reins, à la naissance des fesses offertes. La voilà qui soupire, d'autant que vous êtes à califourchon sur ses jambes et qu'elle sent votre queue vibrer. Pour plus de douceur encore, plus de sensualité, il est recommandé de se servir d'huiles ou d'onguents parfumés : ils aident vos mains adroites à glisser sur sa peau déjà si soyeuse.

85. *Massage des pieds à la tête.* Dans certaines régions de l'Inde, on pratique un massage destiné à préparer les hommes au combat. Les femmes s'en accommodent fort bien aussi. Il va sans dire que ce massage-là obéit à des règles bien précises de points de contact qui suivent nos différents circuits d'énergie mais vous pouvez les adapter. Une seule règle, pour être parfaitement à l'aise : se mettre par terre, sur une grande serviette ou un drap. La femme est allongée d'abord à plat ventre, les bras en croix, légèrement relevés au-dessus de la tête. Vous partez de la cheville, remontez le long des jambes, des fesses, du dos, et finissez par le bras, jusqu'au-dessus de la main.

Vous recommencez plusieurs fois, dans un mouvement souple et continu. Puis vous retournez la belle alanguie sur le dos et procédez de même depuis le coup de pied jusqu'à la paume de la main. L'idéal est de partir du pied droit pour arriver à la main gauche, et vice-versa. Vous êtes parfaitement libre de vous attarder sur telle partie du corps vers laquelle vos mains semblent irrésistiblement aimantées... Vous terminez par un léger massage du visage et du cuir chevelu. C'est à se pâmer... D'autant que vous êtes là, accroupi, nu, et terriblement désirable avec votre air de ne rien demander mais de tout donner ! Tant d'abnégation et de dévouement mérite à coup sûr des remerciements immédiats.

86. Variantes : on peut très bien masser avec d'autres outils que les mains ! Pensez à vos pieds qui feront merveille sur ses fesses joliment cambrées.

Plaisirs solitaires partagés

Maintenant que vous vous êtes touchés, que vous avez apprivoisé vos corps, vos peaux, rien ne vous interdit de vous livrer à certains plaisirs dits solitaires. Ceux-ci peuvent fort bien se partager, et stimuler tour à tour nos penchants au voyeurisme et à l'exhibitionnisme, auxquels nous laissons rarement libre cours.

87. Pour l'encourager, prenez la main de votre compagne et guidez-la sur son propre corps, pour une vraie-fausse masturbation. Si la belle est hardie, si vous savez la mettre en confiance par de douces injonctions murmurées à son oreille, elle continuera seule. Demandez-lui de faire exactement comme si vous n'étiez pas là, de se donner du plaisir. La femme amoureuse et pleine de désir n'offrira guère de réticence à vous mener ainsi au plus secret de son intimité et, par la même occasion, en profitera pour vous montrer, l'air de rien, ce qu'elle aime, ce qu'elle voudrait que lui fassiez... un peu plus tard.

88. À votre tour, masturbez-vous sous ses yeux curieux et attentifs. Caressez, pincez vos tétons, descendez le long de votre torse, votre ventre, pour enfin saisir votre membre et l'amener à se dresser. Massez vos testicules, jouez avec votre gland, sans la quitter des yeux afin de vérifier à tout instant l'effet produit.

89. Pour une participation plus active de la spectatrice, demandez-lui de vous lécher les doigts. Ou, au contraire, saisissez-vous des siens et introduisez-les dans votre bouche. Chaud, chaud, chaud...

Le baiser

Nous le gardions pour la bonne bouche ! Il représente le B. A. BA de votre jeu amoureux. Si l'on peut se caresser seul, s'embrasser seul est beaucoup plus délicat, sauf à se planter devant une glace, ce qui, aussi érotique que cela puisse parfois paraître, ne saurait remplacer la douceur de lèvres tièdes et désirées.

Prélude à tout ce qui va suivre (et aussi à tout ce qui précède !), le baiser ne saurait être escamoté, bâclé, précipité, négligé... Bien au contraire ! Sans bon baiser, point n'est de suite envisageable. Alors soignez-le. Et dans ses moindres détails. Tâchez de vous montrer à la hauteur du célèbre *french kiss* que le monde entier nous envie.

90. Enlacez-la et rapprochez vos deux visages. Vos fronts peuvent se toucher, mais pas vos bouches, pas encore. Seuls vos souffles se confondent, se précipitent... Restez ainsi l'espace de quelques secondes comme si vous vous reteniez de poursuivre. D'ailleurs, vous vous retenez, et avec quelle difficulté !

91. Très lentement, effleurez, avec les vôtres, ses lèvres entrouvertes. Rien d'autre. Puis appuyez, et augmentez peu à peu la pression... sans vous écraser, nez contre nez, jusqu'à frôler l'asphyxie !

92. L'excitation ne fait que croître et la belle a la bouche sèche. Rafraîchissez-la avec votre langue. Juste un petit coup, rapide. Puis attardez-vous et dessinez le contour de sa bouche avec votre langue en insistant sur les commissures. Une délicieuse chatouille d'une sensualité irrésistible.

93. À ce stade, les choses plus sérieuses peuvent commencer. Introduisez votre langue, glissez-la entre ses lèvres, faites-la jouer sur ses dents, massez ses gencives.

94. Elle reprend son souffle, et vous en profitez pour vous aventurer vers de nouvelles profondeurs. Vos langues se touchent, s'enroulent ; vous aspirez la sienne, lui offrez la vôtre.

95. Écartez-vous à peine et avec douceur. Aspirez lentement ses lèvres une à une, celle du bas, puis celle du haut ; changez les sensations et variez les plaisirs en donnant de tout petits coups de langue. Comme si vous mouilliez puis séchiez, rafraîchissiez puis réchauffiez.

96. Écartez-vous encore. En la regardant bien droit dans les yeux, passez un petit bout de langue entre vos dents, puis sur vos lèvres humides. Vous l'invitez ainsi à poursuivre. Elle se rapproche, vous esquivez, tournez la tête pour lui offrir votre joue...

97. Elle n'en peut plus, en redemande. Ce n'est pas le moment de la décevoir. Sachez prolonger et même augmenter le plaisir. Le baiser se décline. Les lèvres entrouvertes, effleurez tout son visage : son menton, ses joues, son front, ses tempes, ses paupières mi-closes. Et lorsque enfin, alanguie, étourdie mais consentante, la diablesse chavire, tête en arrière, embrassez-lui le cou. Léchez. Aspirez... Elle défaille.

98. Tout au long de ces baisers passionnés, enlacez l'objet de votre convoitise. Ne restez pas les bras ballants et les mains inactives ! Cajolez-la. Passez et repassez la main dans ses cheveux, en massant délicatement le crâne. Prenez son visage entre vos mains, caressez, effleurez. De la tendresse que diable, de la tendresse ! Et de la douceur ! Elles ne sont ennemies ni de la passion la plus brûlante, ni de la sexualité la plus torride. Bien au contraire. Elles en sont à la fois les prémisses et les prolongements les plus délicieux.

De la tête aux pieds

Faites-lui la peau

Plus de doute, vous savez embrasser, et même fort bien. Raison de plus pour ne pas musarder en si bon chemin. La femme amoureuse qui se frotte contre vous en veut encore et toujours plus. Et partout.

Insatiable ? Non. Simplement et terriblement sensuelle, avide et heureuse de vous offrir son être tout entier. Ses pensées sont déjà toutes pleines de vous. Elle vous a fait goûter ses lèvres et son haleine tiède... Prenez donc le reste !

Tâtonnez, cherchez, fouinez, pour découvrir toutes ces zones cachées dont le contact stimule l'excitation et décuple le plaisir. En prenant le temps de la découvrir ainsi, millimètre par millimètre de peau, vous rassurez la femme entre vos bras sur son pouvoir de séduction. Et vous lui prouvez, si besoin est, que chez elle tout est beau. Et tout est bon.

99. *Les oreilles.* Murmurez-y les mots les plus fous, les plus doux. C'est formidable, mais taisez-vous un instant !

Mordillez le lobe et, avec votre langue, remontez tout le long de l'oreille. Faites-en le tour comme si vous la dessiniez. Très doucement, avec la pointe, attardez-vous quelque peu à l'extérieur, puis, sans prévenir, dardez votre langue dans l'orifice. Mouillez, fouillez la cavité, toujours avec des mouvements circulaires. Renversant !

Prenez garde toutefois aux oreilles percées ! Il serait fort regrettable, pour cause d'anneaux oubliés dans le feu de l'action, de transformer cette orgie naissante en hémorragie galopante.

100. *Le cou.* La peau y est fine et douce. Vous faites un tel effet à la tigresse qu'elle s'abandonne, la tête en arrière. Profitez-en. Dans un souffle, effleurez-le de vos lèvres, puis léchez. En commençant par les « salières » (mais oui, ce joli et

tendre creux entre les clavicules) et en remontant jusque sous le menton. Vous ne vous attarderez jamais suffisamment sur les parties latérales du cou qui prennent naissance derrière les lobes, là, dans le léger repli auquel personne ne pense jamais, et juste sous les mâchoires... Pour un peu, elle demanderait grâce. Mais voilà que déjà vous relevez ses cheveux et lui caressez la nuque, en y laissant courir le bout de vos doigts agiles. Puis, vous souvenant de *Élisa*, la chanson de Gainsbourg, « enfoncez bien vos ongles et vos doigts délicats dans la jungle de ses cheveux... ». C'est à se pâmer !

Évidemment, si elle porte les cheveux courts, inutile de les relever... Pour le reste, les consignes sont les mêmes !

101. *Les paupières.* Quelques secondes de douceur pure dans une frénésie parfois sauvage ! Vos caresses lui font tant d'effet qu'elle chavire, semble prête à défaillir, abandonnée, la bouche entrouverte et les paupières mi-closes. Soufflez à peine sur ses paupières, léchez légèrement, embrassez délicatement... Le temps d'une pause on ne peut plus agréable.

102. *Les seins.* Peu de chance que vous les oubliiez, depuis le temps que vous louchez sur son décolleté tentant ! Mais, maintenant qu'ils

sont offerts, sachez en prendre soin et tirer le maximum de plaisir de ces attributs ô combien érogènes. Caressez-les légèrement, du bout des doigts. Suivez la courbe gracieuse, jouez avec les aréoles et passez sur les tétons. Déjà, ils durcissent, signe que cette première prise de contact ne la laisse pas de glace. Renforcez la pression. Prenez bien les seins dans vos mains, malaxez, massez, écrasez légèrement. J'ai bien dit légèrement ! La femme ne doit pas se croire, je vous le rappelle, chez un gynécologue pratiquant le dépistage systématique, mais entre vos mains à vous, expertes en tendresse, ces mains dont la douce pression suffit à la mettre dans tous ses états. Pincez tout de même les tétons, roulez-les entre vos doigts...

Maintenant, vous pouvez embrasser. Partout. En insistant sur les tétons, décidément très sensibles et réceptifs. Léchez, mordillez, aspirez, tétez (eh oui ! un moment de régression n'est pas interdit, et votre partenaire ne verra aucune objection à la satisfaction inconsciente de ses instincts maternels). Tenez la pointe du sein délicatement entre vos dents et titillez le téton de votre langue.

Continuez encore, ses soupirs vous y encouragent. Prenez ses seins dans vos mains et pressez-les en les rapprochant, jusqu'à ce qu'ils se touchent et se frottent. Enfouissez votre nez dans cet *airbag* euphorisant, passez la langue dans le pli qui se forme entre les deux... Ne vous arrêtez pas. Pas tout de suite, pas maintenant, pas déjà !

Il va sans dire que toutes les femmes ne sont pas des Gina Lollobrigida ou des Jane Mansfield. Aucune importance. Nul besoin d'être l'égérie de Russ Meyer pour connaître le plaisir. Même petit, le sein adore que vous le remarquiez et que vous lui rendiez les honneurs dus à son rang.

103. *Les aisselles.* Du sein à l'aisselle, il n'y a qu'un coup de langue... N'oubliez surtout pas de le donner! Pas question de chatouiller la diablesse déjà grisée par vos divines caresses, cela risquerait de la déconcentrer et ce n'est pas le moment. Non, vous allez plonger votre nez sous ses bras, à la manière d'un jeune chien fou qui cherche... Mais cherche quoi? À retrouver l'odeur la plus intime de sa maîtresse. En signe de reconnaissance, le jeune chien jappe et lèche. Mieux vaut vous abstenir de japper, mais ne soyez pas chiche de petits coups de langue, rapides tout d'abord, puis de plus en plus longs, appuyés et mouillés... Le frisson qui la parcourt, agréable au point de lui donner la chair de poule, vous signale que la femme est... touchée par votre frénésie.

Il est des aisselles féminines sans un poil, d'autres plutôt fournies et broussailleuses. Les premières offrent la douceur d'une peau fragile et lisse, les secondes les chatouilles de cheveux fous. Vous pouvez être adeptes des premières, allergiques aux secondes, ou le contraire. Pas de panique si vous vous trouvez confronté à celles qui vous déplaisent. Tentez l'expérience en l'état, elle peut se révéler étonnante... Et cela ne vous empêche pas par la suite de suggérer à la femme qui vous plaît tant de se raser ou d'arborer des aisselles de hippie !

104. *Le nombril.* Il n'y a pas que les égocentriques pour penser qu'il est le centre du monde. Et, au stade où vous en êtes, il pourrait bien apparaître comme tel. Un peu comme pour l'oreille, commencez par en préciser le contour, en effectuant des mouvements circulaires avec votre langue. Puis plongez en son centre. C'est irrésistible ! Vous pouvez aussi y déposer un grain de raisin ou une framboise et l'y déguster, sans y mettre la main. Juste la langue. Ou encore saisir le fruit entre vos lèvres et aller l'offrir à l'amante frémissante...

105. *Le ventre.* Sauf adoration inconditionnelle d'elle-même et de son corps, la femme voudrait toujours le cacher, l'oublier, le rentrer, le dissimuler, le faire disparaître ; vous allez lui montrer combien elle aurait tort. Entre son nombril et son mont de Vénus, il est une partie de son anatomie on ne peut plus sensible à vos caresses qui lui procurent de délicieux frissons. Effleurez-la avec vos doigts, la paume de vos mains, vos lèvres, sans oublier les côtés. Avec votre langue,

remontez la partie médiane, souvent couverte par une ligne de duvet doux, léger, presque invisible sauf à votre regard perspicace. Léchez... Vous voilà prisonnier ! En haut le nombril ; en bas l'entrejambe. Laissez-vous alors aller où votre instinct vous mène.

Rien ne vous empêche de remonter un peu plus haut pour la caresser, juste sous les côtes, là où l'estomac se creuse. Exquise chatouille !

106. *L'intérieur des cuisses.* La peau y est fine, douce, satinée. Profitez du moment où vous déshabillez la belle pour vous y attarder. Elle est allongée sur le lit, avec pour toute parure ses bas. Faites-les rouler avec douceur et, non moins délicatement, soulevez-lui la jambe. Passez votre joue, vos mains, votre bouche (ou tout ce que vous voulez, tout ce qui vous semblera approprié) à l'intérieur de ses cuisses. Caressez, embrassez, du genou jusqu'à... Jusqu'à ce repli entre son sexe et la naissance de sa cuisse. Plus vous montez et plus c'est bon. Très doucement, écartez ses jambes pour respirer le parfum qu'exhale cette partie trop bien dissimulée de son corps qui vous rend fou.

107. *Les creux.* Ses courbes affolantes ne doivent pas vous faire oublier ses « petits creux ». On y pense rarement, mais c'est fou ce que le creux

du coude et celui du genou sont sensibles. La belle avisée, qui connaît tout des trucs propres à vous rendre fou, y dépose sûrement une goutte de parfum. Vous pouvez vous contenter de humer puis de caresser ces replis secrets : frisson garanti... Vous pouvez aussi faire davantage mais, là, je ne réponds plus de rien !

108. Les fesses. Ce « joli petit (ou moins petit) cul » que vous remarquez toujours, parfois même avant tout le reste, sachez le traiter respectueusement. Allongée sur le ventre, la belle vous offre une vue imprenable sur sa croupe. Prenez ses fesses dans vos mains, pétrissez, puis, par des mouvements circulaires, écartez et rapprochez ces renflements charnus. Embrassez, léchez et n'oubliez surtout pas la raie des fesses. Afin de ne pas provoquer d'affolement, commencez par le haut, massez le sacrum, chatouillez le coccyx et descendez doucement... Encore une approche de l'anus qui peut se révéler fort agréable, même pour celles persuadées jusqu'alors qu'il s'agissait là d'une zone interdite.

Pour bien jouir et la faire jouir de ces caresses, vous pouvez demander à la diablesse de s'accroupir afin de vous offrir une vue imprenable. Si elle n'est pas assez sage, elle mérite une petite fessée dont vous apaiserez le feu par vos baisers et coups de langue frénétiques.

109. *Le périnée.* Entre le vagin et l'anus, c'est l'une des zones les plus sensibles des anatomies féminine... et masculine. L'une des moins étendues aussi, et souvent méconnue, voire inconnue. Une simple pression de votre doigt et déjà elle gémit. Faites des mouvements circulaires, caressez, léchez. Le bonheur !

110. *Les mains.* Les siennes vous caressent si délicatement, s'emparent de votre sexe avec tant de douceur et de dextérité que vous ne pouvez pas manquer de leur rendre hommage. Ce qui se révèle aussi une façon de leur donner envie de caresser encore plus et encore mieux.

Prenez sa main et faites-la toucher votre joue, puis portez-la à vos lèvres pour embrasser le dessus d'abord, la paume ensuite.

Glissez doucement jusqu'à son pouce, prenez-le dans votre bouche, sucez-le, avec un mouvement de va-et-vient, de haut en bas. Passez ensuite à l'index et faites de même. Majeur, annulaire et auriculaire auront droit au même traitement, très doux et très lent. Mais il va sans dire que, sans mauvais jeu de mots, vous êtes autorisé à « sauter » un doigt, il ne vous en sera pas tenu rigueur. Quoi qu'il arrive, prenez votre temps, attardez-vous, léchez, mouillez, faites glisser ses doigts sur vos lèvres. Faut-il préciser aux distraits que ce jeu de main pas vilain préfigure une masturbation à venir, à refaire ou à rêver. Au choix.

Lorsque vous en avez fini avec ses doigts, que la docile soupire et gémit, portez l'estocade : mordillez le bord de sa main pour la tirer, si besoin est, de sa douce torpeur. La femme désireuse de partager son plaisir est alors encouragée à vous rendre la pareille. Si l'idée ne semble pas l'effleurer, suggérez-le lui en lui offrant votre main, geste qui ne constitue pas ici une demande en mariage officielle.

111. *Les pieds.* « Il faut être bête comme l'homme l'est si souvent pour dire des choses aussi bêtes que : bête comme ses pieds », a fort justement écrit Jacques Prévert. Les pieds ne sont pas bêtes. Alors prenez son pied... et le vôtre !

On a vu déjà tout le bénéfice qu'on pouvait en tirer en les massant. Vous pouvez aussi les embrasser. Procédez comme avec les mains. Très doucement afin que les plus chatouilleuses ne soient pas prises d'une crise de fou-rire proche de l'hystérie. Suivez la cambrure, embrassez les orteils, glissez votre langue entre chaque repli, insistez à la base, juste sous le coussinet... Di-vin !

Caresses et autres morsures

Vos mains sont douces, tour à tour légères ou pressantes, habiles, lentes puis rapides. Elles courent ou s'attardent, effleurent, massent, pétrissent, froissent, chatouillent... Je vous rassure tout de suite, elles sont merveilleuses, adroites, irremplaçables. N'empêche, vous pouvez les condamner à l'inaction afin d'offrir à la peau, au corps tout entier de la femme désirée d'autres sensations. Différentes et tellement grisantes.

On peut lire à ce propos dans le Kama-Sutra : « Rien n'égale griffures et morsures pour fortifier l'amour. » Vous vous y adonnerez plus volontiers dans certaines circonstances : avant une séparation temporaire, pour fêter des retrouvailles, après une dispute, ou lors d'un jeu sauvage. Sans aller jusqu'aux ecchymoses, les traces ainsi laissées par votre empressement amoureux réveilleront chez la belle des envies rarement assoupies.

112. *Morsures.* Vos lèvres charnues et tièdes, votre langue fouineuse et humide sont irrésistibles. Mais votre bouche recèle encore tant de trésors propres à exciter la femme ! Ainsi votre dentition carnassière n'a-t-elle aucune raison de rester au repos. Inutile de mordre tel un chien enragé prêt à arracher un morceau de chair !

Il est ici simplement question de mordiller. À l'exception de la lèvre supérieure, de l'intérieur de la bouche et des yeux, tout ce que vous embrassez avec tant d'ardeur peut aussi être mordillé. Les fesses, les bras, le ventre, les seins, les mains, les pieds, le sexe... Tout. Absolument tout.

113. *Griffures.* Pas question de lui labourer la peau du dos avec votre ongle, comme dans le fameux sketch de Guy Bedos et Sophie Daumier ! Non, de la mesure, de la finesse, de l'amour quoi ! Vous pouvez fort bien commencer par gratter délicatement le dos de la dame ; à la manière d'une lionne, elle en ronronnera d'aise. Puis laissez courir vos ongles tout le long de son corps. Veillez à les avoir bien limés auparavant, afin de ne pas la blesser... Quoique... Le Kama-Sutra affirme que « la passion se réveille chez une femme quand elle regarde sur les parties secrètes de son corps les blessures anciennes faites par les ongles. La mémoire se perd comme s'effacent les traces des ongles. C'est ce qui arrive aux amants qui font l'amour trop rarement. »

114. Tout cela n'exclut pas pour autant la douceur, bien au contraire. Petite fille, je raffolais des « baisers papillons » : un simple battement de cils sur ma joue me procurait un délicieux frisson. À l'époque, ma mère se chargeait fort bien de

cette marque de tendresse. Quelques années plus tard, un de mes amants à qui j'avais attaché les mains derrière le dos, pris d'une divine inspiration, eut l'idée de jouer le papillon sur tout mon corps. Ses cils sur mes paupières, sur mon cou, sur mes seins, mon ventre, mes cuisses... J'en frissonne encore. Et lorsque après cette papillonnante séance, il plantait ses yeux dans les miens, j'y lisais la convoitise et la promesse de très doux plaisirs. Comment résister à ces yeux-là ?

115. *Vos cheveux*. Nul besoin de les avoir longs pour la caresser comme il se doit. De toute façon, avec votre tête penchée sur elle, à la manière d'un animal ou d'un petit garçon, au choix, entêté, à la fois boudeur et à la recherche de sa protection ou de son pardon, vous êtes irrésistible. Vous avez l'air de chercher, vous vous enfouissez... Vous levez la tête de temps à autre, si le rythme de sa respiration ou ses ondulations de bassin vous laissent des doutes sur le plaisir qu'elle prend. Et le regard que vous lui lancez lui donne l'envie irrépressible de prendre votre tête entre ses mains pour la couvrir de baisers.

Que les hommes adeptes des cheveux en brosse se rassurent : c'est très bien aussi et, sauf exception, ça ne ressemble en rien à la brûlure d'une joue mal rasée à la barbe trop dure... Mais, de grâce, évitez d'asperger de gel vos mèches rebelles !

116. *Votre sexe.* Avant de pénétrer l'antre déjà humide de la femme au comble de l'excitation, il peut fort bien servir à des caresses inhabituelles mais extrêmement sensuelles. Accroupissez-vous sur la belle allongée, puis allez et venez. Votre membre déjà dur vous dispense de tout autre contact : il frappe, cogne et caresse tout à la fois, selon votre ardeur. Vous pouvez laisser faire ainsi ou guider votre queue avec votre main. Jouez alors à faire rouler votre gland sur la pointe de ses seins, au creux de son nombril, sur son clitoris et partout où cela vous inspire. Il est chaud, et le liquide séminal qui en suinte mouille à peine sa peau à la sensibilité exacerbée par tout ce que vous lui avez déjà fait... C'est sûr, elle n'en peut plus !

117. Rien ne saurait remplacer le contact de votre peau sur la sienne, mais vous avez parfaitement le droit de varier les plaisirs.

Pensez aux bijoux. Le diamant à son doigt – celui que vous lui avez offert, à moins qu'un autre ne vous ait devancé... – ne demande qu'à se rendre utile. Retirez délicatement la bague et passez-la sur son corps nu. La pierre froide va bientôt se réchauffer, caresser et griffer.

Si ce n'est pas un diamant, tant pis ! Saphir, rubis ou même émeraude conviendront très bien. Même les pierres non précieuses, polies et lisses, sont d'un contact on ne peut plus agréable. Et pour les griffures, il vous restera toujours vos ongles. Au rayon bijou, vous pouvez préférer les chaînes, celle qu'elle porte autour de son cou, de son poignet ou de sa cheville. Vous la faites glisser, jouer entre vos doigts et sa peau.

Évidemment, si la malheureuse ne possède pas de chaîne, sauf celle invisible qui l'attache à vous, inutile de vous rabattre sur celle qui sert d'anti-vol à votre moto. Nous en sommes au chapitre des caresses, pas des coups.

Affaires de langues

La succion de la vulve est scientifiquement appelée cunnilingus (et même cunnilinctus par les puristes), mais le terme n'est pas des plus poétiques. Que les latinistes me pardonnent si je préfère le sobriquet de « broute-minou ». Il a quelque chose de frais, de champêtre et de joyeux. Rien ne vous interdit de trouver un autre nom à la chose : lèche-party, suce-abricot, fouine-foufoune, lèvres contre lèvres... que sais-je encore ? Encore un code entre vous, un mot de passe, un sésame précieux pour trouver la clé de son écrin à bijoux ou de sa grotte de corail.

Ne nous y trompons pas, l'essentiel n'est sûrement pas le nom qu'on lui donne, mais l'acte lui-même et la façon dont on l'accomplit.

La rumeur prétend que nombre d'entre vous, messieurs, éprouveraient quelque appréhension à vous y livrer. Par peur, par pudeur, plus rarement par manque d'envie pur et simple. Il est vrai que, plus encore que la pénétration, le susnommé broute-minou est une incursion dans ce que votre partenaire a de plus intime. Une exploration directe qui se fait à l'aide de vos mains, vos lèvres, votre langue, votre nez, vos doigts...

En règle générale, la femme en est friande. Elle aime à s'offrir ainsi à vous, vous livrant sans détour ni fausse pudeur ce qu'elle a de plus secret.

Vous pénétrerez plus tard ce vagin que vous avez dévoré des yeux et de la langue, humé, respiré, léché, exploré, bu.

Je vous vois rougir, toussoter, quelque peu gêné... Pas de panique ! Parce qu'il suggère une certaine intimité (voire une intimité certaine), vous n'êtes pas obligé de le pratiquer dès la première fois. Mais ne renoncez surtout pas ! Imaginez-vous la femme tant désirée se refuser à toute fellation sous je ne sais quel prétexte fallacieux ? Il y a dans ces jeux de bouche une réelle envie de procurer à l'autre un plaisir qui lui est propre... et dont vous n'êtes pas exclu, loin s'en faut, puisque vous en êtes le révélateur.

Vous voilà maintenant tout excité, piaffant d'impatience. Doucement ! Le broute-minou est un art pour lequel il est conseillé de procéder par petites touches.

118. Écartez lentement ses cuisses et embrassez-en l'intérieur, en remontant jusqu'à sa toison. Tout doux ! Ne vous précipitez pas sur le clitoris, prenez votre temps, humez...

Et surtout, regardez. Faites connaissance. Là encore, il ne s'agit pas d'ausculter, mais de découvrir... et d'admirer. Rappelons aux distraits ou aux myopes qu'il n'existe pas deux sexes féminins semblables. Celui que vous avez devant les yeux mérite davantage qu'un rapide coup d'œil. Évitez absolument de vous lancer dans des comparaisons douteuses... Ce serait un total manque de tact.

119. Commencez à caresser très doucement, avec votre nez, vos lèvres, de bas en haut et de haut en bas, en insistant à peine sur le clitoris, qu'il vaut mieux éviter de prendre de front.

Laissez vos doigts courir le long des lèvres, sentez-en la texture ; écartez-les et reculez-vous juste un peu pour admirer ce sexe de plus en plus ouvert, de plus en plus offert.

Léchez la chatte ainsi abandonnée à votre savoir-aimer, à pleine langue, avec un peu de salive : sa tiédeur provoque une sensation tout à fait délicieuse.

120. Le sexe ainsi humidifié par vos soins attentifs, vous pouvez commencer à vous intéresser d'un peu plus près au clitoris. Donnez d'abord de petits coups de langue, puis d'autres plus appuyés. Faites-vous plus précis : jouez avec le capuchon, couvrant et découvrant le gland que vous embrassez, léchez, titillez... gentiment ! Saisissez-le entre vos lèvres comme pour mieux l'aspirer, tout en œuvrant de la langue.

121. Pendant tout ce temps, la femme se cambre et se cabre, soupire, gémit, ondule des hanches et du bassin tout entier, signe que vous accomplissez votre tâche avec une adresse et une sensibilité qu'elle apprécie. Sentant venir l'orgasme, elle se retient, se contracte... Respectez ce désir, prolongez l'instant. Délaissez le clitoris, concentrez-vous sur ses lèvres, embrassez et léchez l'entrée du vagin. Osez l'intrusion avec le bout de votre langue. Puis revenez au clitoris... et, quand bon vous semblera, portez l'estocade.

122. Les spasmes qui désormais secouent et détendent la belle éblouie ne vous autorisent pas à cesser sur-le-champ vos caresses buccales. Oh que non ! Durant quelques secondes encore, votre bouche doit rester à l'œuvre, prête à recevoir les fluides qui ruissellent. Délicieux breuvage,

élixir envoûtant, vous buvez la femme, vous vous saoulez de son philtre d'amour, tandis qu'elle s'échoue, alanguie et délivrée, satisfaite et heureuse.

Variations

Certes, le broute-minou est classé dans la catégorie des caresses orales et buccales, mais que cela ne vous dispense pas pour autant d'utiliser vos mains. Elles le rendront plus divin encore.

123. Là où va votre langue, vos mains et vos doigts iront aussi. Vous pouvez parfaitement débuter par des caresses manuelles, le sexe entier de l'ensorceleuse tenant presque dans votre paume dont vous le frotterez... pour l'échauffer, en quelque sorte. Attention, trop de zèle de votre part risque d'entraîner des brûlures fort désagréables qui donneront à l'insatisfaite l'envie de vous étouffer sur l'heure entre ses tendres cuisses.

124. Écartez les lèvres avec vos pouces, laissez votre index (ou votre majeur, ou les deux)

s'occuper du clitoris qu'il va masser légèrement, puis de façon plus insistante. Cette caresse suffit parfois à provoquer l'orgasme. Parfait, même si, en l'occurrence, on ne peut plus parler de broute-minou. « Touche-minou » serait plus approprié, ou ce que vous préférerez... D'ailleurs, qu'importe, puisque plaisir partagé il y a ?

125. Introduisez un ou plusieurs doigts dans son vagin déjà humide. Vous pouvez le (ou les) mouiller auparavant en le(s) suçant et en jetant à la belle de plus en plus excitée des œillades éloquentes. Vous pouvez aussi lui offrir vos doigts à lécher... C'est torride.

Attardez-vous dans le vagin, allez et venez, effectuez de petits mouvements circulaires, puis léchez vos doigts tout humides de ses savoureuses sécrétions, sans la quitter des yeux. Ou faites-les courir (vos doigts, pas vos yeux, quoique...) sur sa peau frissonnante, en remontant jusqu'à sa bouche, et offrez-lui vos doigts ainsi parfumés afin qu'elle se régale elle-même de cette liqueur aphrodisiaque.

126. Même si votre bouche ne peut décidément plus se détacher de ce sexe enivrant, ne laissez pas vos mains inertes. Caressez son ventre, massez ses seins, suivez la ligne de ses hanches, passez vos doigts sur ses lèvres, invitez-la à les mordiller.

127. Pour une plus grande excitation, commencez à travailler son sexe à travers ses vêtements. Froissez le tissu pour sentir la chaleur de sa chatte, frottez, massez... et enlevez les sous-vêtements avant qu'ils ne soient complètement trempés !

Vous pouvez fort bien lui laisser sa petite culotte, sauf bien sûr si elle est en coton épais. Jouez avec et, après, faites exactement comme si le sous-vêtement n'était pas là. Embrassez, mordillez : certains tissus sont d'un contact divin. La soie caresse, la dentelle chatouille. Vous pouvez même introduire vos doigts dans le vagin avec la petite culotte en guise de capuchon.

128. Ne restez pas là, coincé entre le clitoris et le vagin. Vous y êtes fort bien et on vous comprend, mais montrez-vous un peu plus audacieux. Glissez jusqu'au périnée, massez-le avec votre langue et, toujours plus loin, approchez-vous de l'anus, autour duquel vous dessinerez des cercles, comme si vous vouliez forcer en douceur cette entrée secrète. Soyez très attentif aux réactions de votre partenaire. Si vous recevez un coup sec sur la tête, c'est qu'elle n'apprécie pas !

129. Variez les plaisirs. Ne vous obstinez pas sur sa chatte avec un entêtement tenace qui pourrait faire croire que vous voulez en finir au plus vite. Non, délaissez-la un peu, et profitez-en pour embrasser la belle. Votre bouche toute pleine de son odeur lui procurera un plaisir inouï. Vos allées et venues surprises entre toutes ses lèvres risquent fort de lui faire perdre la tête.

130. Pensez au vibromasseur pour lui mettre le sexe en feu... et en eau ! Passez son extrémité sur son mont de Vénus, faites-le courir le long des lèvres, arrêtez-le sur le clitoris, redescendez vers le vagin. Pénétrez pour humidifier et revenez au clitoris. N'oubliez pas le périnée, qui s'emballe à la moindre vibration, et approchez l'anus. Ou contentez-vous de passer le vibromasseur le long de la raie des fesses en insistant sur le sacrum, juste au-dessus du coccyx, que vous sentez à la naissance de ses fesses... Elle se cambre alors et se cabre !

131. Pour agrémenter cette pratique ou, soyons plus juste, cet acte d'amour, toutes les fantaisies sont possibles. Passez un glaçon sur son sexe, en insistant sur le gland du clitoris qui se raidit automatiquement. Votre bouche avide et gourmande le réchauffera bien vite.

Si le lit est assez grand, vous y serez allongés tous les deux. La femme sur le dos et vous sur le ventre, de façon à avoir la tête juste à hauteur de son sexe. Elle peut avoir les jambes allongées ou repliées, ce qui permet une meilleure ouverture. Si le lit est un peu petit, vous serez à genoux...

132. Soulevez son bassin. Si la belle est impatiente et avide, mais paresseuse, placez des coussins sous ses fesses. Sinon, pour davantage de plaisir encore, c'est vous qui la maintiendrez dans cette position, profitant de l'occasion pour masser la chair tendre de ses jolies fesses.

133. Changez encore ! Allongez-vous sur le dos et demandez à la femme de s'accroupir au-dessus de vous, son sexe juste en face de votre visage. Elle vous offre ainsi une vue imprenable sur son écrin à bijoux et s'autorise toute liberté de bouger comme elle l'entend, tour à tour s'écrasant légèrement ou se redressant comme pour se dérober à l'ivresse de vos coups de langue.

134. Pensez aussi à sortir du lit ! Confortablement assise sur un fauteuil, écartez-lui les cuisses

(toujours avec la plus grande délicatesse) et posez-les sur les accoudoirs. Vous êtes à genoux, à ses pieds, la bouche juste à portée de son pubis, prêt à vous perdre dans sa toison accueillante. Irrésistible. Pour elle. Pour vous aussi.

Si vous possédez un rocking-chair, c'est le moment de vous en servir. Le va-et-vient de la bascule provoque de grisants changements de rythme et de sensations.

135. Vous pouvez l'asseoir n'importe où, pourvu que vous y trouviez tous les deux un certain confort et... une excitation supplémentaire – ainsi, sur une table ou sur une cheminée. Sur la première, elle pourra s'allonger ; sur la seconde, le contact du marbre froid sur ses fesses risque de la faire frissonner, mais vous vous empresserez de rendre son sexe aussi brûlant qu'un brasier.

136. Le broute-minou surprise est, comme tout ce qu'elle attend sans oser y croire, un moment exceptionnel. Alors que vous dînez en tête-à-tête, les yeux dans les yeux, vous disparaissez non pas à la cuisine, mais sous la table où vous commencez à tutoyer son entrejambe.

Vous pouvez tenter l'expérience dans des lieux publics, mais, s'il n'est pas interdit de rêver, vous n'êtes pas obligé non plus de délirer. Vous imaginez-vous la tête de vos amis quand ils vous verront disparaître sous la nappe ? Et celle du serveur, au restaurant ? À moins que vous ne soyez champion du *cunnilingus rapidissimus*, difficile de faire croire aux uns, comme à l'autre, que vous alliez juste ramasser une fourchette...

En revanche, au cours d'un tête-à-tête dans votre appartement, profitez des plaisirs que vous offre la table. Un peu de mousse au chocolat sur son clitoris déjà parfumé... À moins qu'un délicieux coulis de framboise ou une crème anglaise succulente... Enfin, faites surtout selon le menu, selon vos goûts et votre inspiration du moment.

Pensez à quelques gouttes d'alcool, vin ou champagne. À déguster à température ambiante.

137. Pour un réveil en douceur, en langueur et en moiteur, vous pouvez passer une main dans ses cheveux et l'autre sur son sexe. Glissez-vous dans la chaleur de la couette et léchez son sexe doux et reposé. Enfin un réveil agréable ! Seul risque : ne plus réussir par la suite à sortir du lit.

138. À chacun son plaisir et ses plaisirs. Partagez donc les vôtres. Tête-bêche pour le fameux 69, elle vous offre son sexe et vous le vôtre. Vous donnez et recevez tout à la fois : c'est peu dire que le plaisir est accru !

Pour réussir cette « spécialité », vous pouvez être allongés : elle en-dessous et vous au-dessus.

Ou le contraire bien sûr. Et rien ne vous empêche, dans un emportement de plaisir, d'inverser sans même vous en rendre compte.

Pour plus de confort encore, je ne saurais trop vous recommander de vous allonger sur le côté, la tête de l'un reposant sur la cuisse de l'autre. Tandis que vous entrouvrez ses lèvres, elle saisit votre queue dans sa bouche ; vous découvrez son gland, elle suce le vôtre ; vous introduisez votre langue dans son vagin, elle aspire votre verge toute entière... Vous bougez ensemble, gémissez de concert, le rythme de vos caresses respectives va crescendo... Le duo de vos deux plaisirs en parfaite harmonie constitue sans nul doute l'un des sommets du jeu amoureux.

Le marquis de Sade, dont l'expertise ne saurait être mise en cause, écrivait : « La jouissance de la bouche est infiniment plus agréable, tant pour l'homme que pour la femme. La meilleure façon de la goûter est que la femme s'étende à contresens sur le corps de son amant : il vous met le pénis dans la bouche, et, sa tête se trouvant entre vos cuisses, il vous rend ce que vous lui faites, en vous introduisant sa langue... » Après de telles références littéraires, avez-vous encore des doutes ?

Dans toutes les positions

La réussite de la pénétration dépend pour une bonne part de votre savoir-faire – là, c'est à vous de jouer –, mais aussi de votre anatomie – et, dans ce domaine, vous ne pouvez pas grand-chose ! À en croire les Indiens, « selon les caractéristiques et les dimensions de son pénis, l'homme est lièvre, taureau ou cheval. De même, la femme est antilope, jument ou éléphante, suivant la profondeur de son vagin... Pour un plaisir équilibré, il est préférable que les partenaires aient des mensurations sexuelles correspondantes. » Je laisse à votre imagination le soin d'en tirer les conclusions sur l'accouplement d'un homme-cheval et d'une femme antilope...

Trêve de plaisanteries, les choses se font sérieuses !

Après tant de beaux et bons préliminaires, voici venu le temps de ce que d'aucuns appelleraient le plat de résistance. L'introduction de votre membre turgescent dans son vagin humide. C'est le passage obligé, tout au moins la partie la plus naturelle et la plus instinctive de l'acte d'amour. Celle aussi à laquelle nombre d'entre vous auraient une fâcheuse tendance à se limiter.

Mais qui dit naturel ne dit pas automatiquement facile et ne demandant aucun effort. Bien au contraire ! Comment rendre inoubliable, unique, merveilleuse, délirante, la copulation, acte d'une banalité somme toute assez évidente ? Votre imagination et votre fantaisie ont déjà été sévèrement mises à l'épreuve durant les préliminaires, ce n'est pas le moment de flancher et de vous endormir sur vos lauriers.

Alors quoi, à force de raffinements, d'attentions et de délicatesses, vous auriez rendu votre compagne folle de désir, vous l'auriez conduite aux portes de l'extase, et voilà que vous vous comporteriez comme un hussard, sans plus aucun égard ? Impossible !

Il est bien des façons de la prendre. Et même de la surprendre.

Ce bon vieux missionnaire

« Même si tu es fille de sultan, tu finiras par te trouver au-dessous d'un homme », affirme un proverbe arabe.

Femme dessous, homme dessus, la position dite du missionnaire est la plus connue de toutes. Elle a été désignée ainsi par les aborigènes de Polynésie qui avaient l'habitude de faire l'amour accroupis. D'où leur surprise et leur hilarité en constatant la méthode employée par les missionnaires occidentaux.

Avec le temps, l'ironie a disparu, mais cette position jouit, si l'on peut dire, d'une mauvaise réputation. On la prétend ennuyeuse, conventionnelle, répétitive, manquant de fantaisie. On voudrait aussi la faire passer pour sexiste, voire carrément machiste !

Grossière erreur ! La position du missionnaire présente même bien des avantages. On prétend qu'elle aurait été imposée au fil des siècles par les femmes soucieuses de vérifier à qui elles avaient affaire. N'exagérons rien, même si, à l'évidence, elle apparaît rassurante à certain(e)s parce qu'elle permet les regards, les étreintes, les baisers... Sans compter qu'elle favorise une bonne pénétration, rend le contact de vos ventres tout à fait agréable, et permet toutes sortes de variantes pour la renouveler.

Aucune contre-indication donc, sauf si, embonpoint oblige, vous risquez d'étouffer votre malheureuse partenaire, et de l'amener non plus à soupirer mais à expirer...

139. Commencez en frottant votre queue impatiente contre sa chatte frémissante. Prenez-la ensuite dans la main et faites-la circuler autour de son sexe. Ou, mieux encore, confiez-la aux mains expertes de la charmante créature qui n'attend que ça !

140. Pénétrez doucement, puis commencez à aller et venir avec de savants coups de reins. La belle vous encourage et vous aide en ondulant du bassin.

141. Variez le tempo ! Accélérez vos coups de queue, puis écartez-vous afin que le gland se place juste à l'entrée du vagin. Faites de petits mouvements circulaires et pénétrez-la ensuite avec rapidité et énergie. Les indiens appellent ça l'ouragan. Vraiment dévastateur !

142. Pour favoriser l'allongement de son vagin et une pénétration plus profonde, demandez à la belle de replier les jambes. Mieux encore,

de les relever et, si possible, d'en enserrer votre taille comme pour guider vos mouvements. Elle est ravie de participer ainsi et de sentir vos bourses gonflées qui cognent son sexe.

Si la belle est souple, repliez ses genoux contre sa poitrine afin qu'elle pose ses jambes sur vos épaules. La pénétration est de plus en plus profonde et vous exercez une pression sur son clitoris et sur ses lèvres qui vont la faire gémir.

143. Le fait de vous concentrer sur vos mouvements de queue et les dilatations-contractions de son vagin ne doit en aucun cas vous faire oublier le reste. Tout le reste. Sa bouche à embrasser, son cou à lécher, ses seins à mordiller. Et tant de mots à lui murmurer pour lui dire l'effet qu'elle a sur vous, le plaisir que vous avez envie de lui donner.

Sachez marquer des temps de pause afin de reprendre votre souffle, de reposer vos bras et de ménager vos effets. Allongez-vous sur elle, votre torse contre sa poitrine, la tête lovée dans son cou. Continuez à bouger, très doucement. Le frottement de vos deux corps va la rendre folle.

144. Demandez-lui maintenant d'allonger ses cuisses serrées l'une contre l'autre et faites de même. Bougez très doucement et, si possible, de concert. La pénétration n'est pas maximale mais

les poils de votre pubis lui chatouillent agréablement le clitoris... L'un sur l'autre et l'un dans l'autre, plus moyen de glisser le moindre papier de soie entre vos deux corps moites.

Profitez de cette position pour prendre sa tête entre vos mains, lui masser tendrement le cuir chevelu, lui faire boire votre salive. Autant de petites attentions qui la rassureront définitivement au cas où elle aurait des doutes : non, vous n'êtes pas un horrible macho, mais un amant digne de ce nom.

145. Parvenus au paroxysme du désir, vous vous sentez tous deux au bord de la défaillance. Tâchez de vous retenir encore un peu de et lui offrir ainsi quelques orgasmes d'échauffement. Cela ne l'empêchera pas de jouir avec vous, votre sperme se mêlant à ses liquides qui ruissellent.

146. La position du missionnaire offre d'autres possibilités... ce n'est pas là son moindre avantage. Au moment où vous vous sentez au bord de l'explosion, retirez-vous et éjaculez sur sa peau. Caressez-la avec vos mains trempées dans votre chaude liqueur. Offrez-lui vos doigts à lécher. Irrésistible !

Au comble de l'excitation, la tigresse peut fort bien se charger elle-même de s'enduire de votre sperme et de vous en faire profiter en vous barbouillant, le torse, le visage pour mieux laper ensuite.

147. Variante de ce qui précède, après vous être excité entre ses lèvres du bas, vous vous retirez et portez votre sexe à ses lèvres du haut afin qu'elle vous « achève ». Votre queue bien en bouche, elle masse et caresse vos bourses. Vous vous pâmez tandis qu'elle se régale de cette inattendue et divine boisson.

Prévenez tout de même votre partenaire de vos intentions. Elle a le droit de préférer vous sentir jouir en elle. Mais, si vous savez trouver les arguments justes, elle ne refusera pas de vous accorder ce qui lui procurera à coup sûr des sensations chaudes, chaudes, chaudes !

148. Ce n'est pas donné à tout le monde (ni réservé à la position du missionnaire), mais vous pouvez lui procurer un plaisir tout à fait particulier en urinant pendant la pénétration. Il n'y a pas de recette, mais essayez ! La chaleur qui l'envahit lui arrache des râles de contentement que vous n'avez pas l'habitude d'entendre et que vous n'êtes pas près d'oublier. Elle non plus, d'ailleurs. Mais là, également, il est indispensable d'obtenir l'assentiment de votre partenaire.

En selle !

Il n'est pas désagréable de s'offrir, de temps à autre, un point de vue différent sur les choses, sur les gens en général et sur votre belle partenaire en particulier.

Si l'idée ne lui vient pas spontanément à l'esprit, invitez-la donc à prendre le dessus et à vous chevaucher. L'Église ne vous a pas attendu pour imaginer cette perverse position, dite *mulier supra hominem* depuis le Moyen Âge. Ainsi maîtresse du jeu, elle va pouvoir imposer son rythme, avoir le vagin plus ouvert, et vous laisser les mains entièrement libres de faire ce que vous voulez, où vous voulez.

Les timides peuvent redouter cette position qui les offre tout entières à votre regard inquisiteur. Rassurez-les en fermant les yeux... au moins la première fois. Et gardez dans un coin de mémoire ce qu'affirme le Kama-Sutra : « Si secrète que soit une femme au sujet de ses penchants et de ses sentiments, quand elle chevauche un homme elle dévoile toujours sa nature intime et ses désirs profonds. »

Sans jamais oublier que ce n'est pas parce que vous n'avez pas le dessus que vous ne devez rien faire !

149. Allongez-vous sur le dos, jambes serrées, et invitez la belle à se mettre en appui sur les genoux, son sexe juste au-dessus de votre membre fièrement dressé. En vous aidant de la main, jouez avec votre gland que vous faites glisser le long de sa fente humide. Introduisez-en l'extrémité, puis retirez-le aussitôt.

150. Laissez maintenant la tigresse faire comme elle l'entend et servez-vous de vos mains pour la caresser. Attrapez ses seins, pétrissez-les, malaxez, massez, faites rouler les tétons entre vos doigts. En jouant de vos abdominaux, relevez la tête pour les embrasser, les mordiller, les lécher.

151. Mettez à profit ces instants où elle semble encore suspendue pour saisir ses fesses à pleines mains, glisser un doigt le long de la raie... Elle frétille de contentement, et vous en profitez largement !

152. Sans la quitter des yeux, léchez voluptueusement un ou plusieurs de vos doigts et titillez-lui le clitoris. Vous pouvez également l'encourager à se masturber. Guidez sa main sur son sein pour commencer, puis sur son ventre et enfin sur son sexe. Laissez-la faire, regardez, encouragez-la d'un mot, d'un râle, d'un gémissement... et

caressez-vous aussi pour lui prouver à quel point elle vous excite.

153. Tandis qu'elle vous chevauche telle une amazone, en bon cheval que vous êtes, sachez vous cabrer. Soulevez légèrement le bassin, faites des mouvements circulaires. Encore un effort : juste en appui sur vos épaules et vos pieds, soulevez le bassin un peu plus haut, suffisamment, en tout cas, pour que la belle se sente soudain en équilibre. Gardez la position le plus longtemps possible. Lorsque vous lâchez, elle tombe et s'empale sur vous... Dieu sait si elle pourra se relever après un coup pareil !

154. La voilà maintenant qui vous tourne le dos ! N'y voyez aucune marque de lassitude. Certes, la belle ne contemple plus votre visage au bord de l'extase, mais elle éprouve de nouvelles sensations. Profitez donc de la vue imprenable qui s'offre pour vous occuper soigneusement de sa croupe et de sa raie des fesses naissante. Prenez sa taille, ses hanches et faites-les bouger : légers mouvements de haut en bas, de droite à gauche, d'avant en arrière, et aussi mouvements circulaires. Bougez votre bassin au diapason.

155. Massez-lui le dos, la nuque, les épaules. Caressez et passez vos mains devant, pour des

caresses « à l'aveugle », hyper-excitantes. Les seins, le ventre, le clitoris... La belle, pour sa part, saisit vos bourses entre ses mains et les pétrit avec tout le soin nécessaire à votre plaisir... Toujours en vue de décupler le sien, rien de plus tentant que de lui agacer le clitoris avec votre fidèle vibromasseur.

Arrière toutes !

Pas de panique ! Et rassurez tout de suite les plus prudes et/ou celles qui ont l'esprit le plus mal tourné : vous n'allez pas les sodomiser, du moins pas tout de suite, mais leur offrir une expérience sen-sa-tion-nelle !

Évidemment, dans une position pareille, difficile de se voir et de se jeter des regards enfiévrés. Mais ce léger inconvénient est largement compensé par des plaisirs dont vous auriez tort de vous priver, elle et vous.

La femme peut également déplorer le fait de se sentir entravée dans son désir de vous caresser. En revanche, la voici particulièrement bien placée pour recevoir vos attouchements et massages en tous genres. Et bénéficier d'une pénétration presque idéale. Si profonde qu'elle ne tardera pas à en redemander.

156. Pour une première approche, allongez-la sur le ventre et extasiez-vous sur son dos, sa chute de reins, sa cambrure... Manifestez votre admiration avec les mots et les gestes qui conviennent.

157. Demandez-lui de se mettre à quatre pattes. Tandis que vous la pénétrez, les poils de votre bas-ventre frottent et chatouillent agréablement ses fesses. Vous avez toute latitude nécessaire pour lui caresser les seins (je me permets de le signaler à ceux qui l'ignorent et de le rappeler aux distraits : ses tétons pendants sont encore plus sensibles au contact de vos doigts, profitez-en). Et n'oubliez pas le clitoris ! Vous pourriez la priver d'une double jouissance et vous vous exposeriez ainsi à des représailles.

158. Si la belle pudique répugne à se mettre en posture « animale », allongez-vous sur le côté. Afin que ce soit plus facile et meilleur pour vous deux, surélevez ses hanches à l'aide d'un ou deux coussins : la pénétration se fait d'autant mieux et vous gardez le contact avec ses parties génitales.

159. La pénétration vaginale par l'arrière offre de nombreuses possibilités de positions différentes. Profitez-en.

En cas d'urgence, au bureau par exemple, il lui suffit de vous tourner le dos et de prendre appui sur le bureau ; qu'il soit de style Napoléon III ou Philippe Starck n'a vraiment aucune importance. Idem dans la cuisine : peu importe si la table est en contreplaqué ou en pin 100 % naturel. Non, l'essentiel est ailleurs. Dans la frénésie dont vous faites preuve pour ouvrir votre braguette et lui soulever la jupe, dans le rythme de vos coups de reins, dans l'ardeur de votre pénétration... Rien qu'à vous imaginer, je défaille !

Mais je signale tout de même aux moins inspirés que la femme peut aussi prendre appui sur d'autres meubles : dossiers de chaises ou de fauteuils, commodes, cheminées, bibliothèques... Sans parler, dans un autre registre, des balcons et balustrades, des lavabos... Bref, tout dépend du lieu où vous vous trouvez lorsque le désir et l'excitation atteignent le point dit de « non-retour » où ni l'un ni l'autre ne souffrent d'être différé plus longtemps.

Tandem

Se tenir côte à côte n'est pas l'idéal en matière de pénétration, mais ça repose et offre diverses variations possibles, voire souhaitables, pour ne pas dire indispensables. Est-il bien nécessaire de vous redire que la routine tue l'amour à petit feu ?

Ces positions, plutôt douces en regard de tout ce qui précède (sans parler de ce qui va suivre !), sont idéales pour le câlin du matin ou tout autre, quelle que soit l'heure : après la sieste, en pleine nuit...

160. Tous les deux en position fœtale, Madame devant, galanterie oblige, et vous derrière, Monsieur, comme emboîtés l'un dans l'autre, à la manière d'un puzzle. Cela s'appelle les « petites cuillères » ou « jouer au Lego », et vous permettra de l'embrasser tendrement dans le cou et de caresser à l'envi ses seins et son sexe, tandis qu'elle sera folle de sentir votre ventre contre ses reins, et votre sexe immanquablement se durcir.

Vous pouvez aussi l'exciter en prenant votre silex dans votre main et en le faisant jouer sur sa fente, le long de la raie des fesses.

Vous pouvez encore passer une de ses jambes sur la vôtre afin d'obtenir une pénétration plus satisfaisante

Ces petites cuillères, ces pièces de Lego, toutes de douceur et de délicatesse, sont particulièrement recommandées si votre compagne est enceinte. De vous... ou d'un autre !

161. Après les cuillères, place aux ciseaux. Une position intermédiaire qui combine pas mal d'avantages. La diablesse est allongée sur le dos, cuisses ouvertes, et vous, monsieur, sur le côté. Vous allez la pénétrer en passant sous sa cuisse qui est contre la vôtre, tandis que son autre cuisse est fléchie et, avec un peu de chance, se faufile entre vos genoux. Cela peut paraître un peu compliqué, ainsi couché sur le papier, mais au lit, cela se révèle nettement plus simple. Cette position vous permet de veiller minutieusement au plaisir de votre partenaire. De sa bouche à son clitoris, en passant par ses seins et son nombril, rien ne doit échapper à vos mains expertes.

162. Couchez-vous maintenant sur le côté, en vous faisant face. Commencez par vous frotter l'un contre l'autre avec des baisers passionnés. La femme vous accueille entre ses cuisses ou vous l'enserrez entre les vôtres. Dans le premier cas de figure, vous aurez tout le loisir de lui caresser les fesses ; et, dans le second, elle jouira de vos coups de bourse contre son sexe.

Cette posture est dite « à la paresseuse ». Il n'y a bien sûr nulle honte à l'adopter, mais n'oubliez pas d'ôter vos pantoufles ! Qui a jamais prétendu que les plaisirs obtenus sans effort étaient moins bons que d'autres ? Mauvaises langues !

Assis ou debout ?

Le gymnaste qui sommeille en vous rêve sans doute à d'autres acrobaties qui ne se pratiquent pas nécessairement en position horizontale. Pourquoi pas ? Bien des femmes raffolent de ces nouvelles expériences. À ne pas confondre toutefois, messieurs, avec un entraînement en salle de gymnastique !

163. Si votre partenaire est plutôt petite et menue, plaquez-la contre un mur et passez vos mains sous ses fesses afin de lui offrir un meilleur appui. Elle enroule alors ses jambes autour de votre bassin que vous bougez à l'envi. Elle adorera se sentir ainsi empalée sur votre queue vigoureuse et ne se plaindra pas d'être un peu entravée dans ses mouvements. Il faut dire que vous vous occupez si bien de la satisfaire, en l'embrassant à bouche-que-veux-tu ! Idéal pour les portes cochères ou le câlin de bienvenue (ou d'au-revoir) dans l'entrée de l'appartement. De telles civilités empressées font rêver.

164. Vous pouvez aussi la prendre, assis, face à face. Cuisses écartées, les siennes sur les vôtres, vos lèvres s'effleurent, vos torses se touchent, vos

tétons se frôlent, vos sexes se réchauffent... La tension monte et vous la pénétrez, en lui massant tour à tour les seins, les fesses, la nuque.

Elle peut alors replier les jambes, se dresser sur ses genoux et venir s'empaler sur votre épieu. La chevauchée fantastique n'est pas loin et vous pouvez glisser vos mains partout. Pas le moment de faire le timide...

165. Vous pouvez, bien sûr, vous asseoir sur le lit... Mais il n'y a pourtant aucune obligation d'y rester. Ce petit jeu-là est parfait dans la baignoire, par exemple, ou sur une chaise.

Il peut se révéler encore plus excitant dans d'autres lieux. Imaginez-vous lors d'une balade bucolique dans un jardin public. Le temps d'une pause, vous vous asseyez sur un banc. La belle sur vos genoux, pour une version revisitée du « À cheval gendarme » de son enfance. Sa longue jupe ample ne laisse rien deviner de ce qui se déroule en dessous : votre braguette qui s'ouvre, votre queue tuméfiée qui en surgit pour s'enfoncer aussitôt dans son buisson ardent... Aux yeux des passants qui vous regardent attendris, vous n'êtes que « des amoureux qui se bécotent sur les bancs publics ». Ah ! s'ils savaient...

Sur la route de Sodome

Voici sans doute la partie la plus délicate entre toutes !

L'autre jour, une de mes amies, pourtant peu farouche, a été formelle : « Le premier qui essaie de me prendre par derrière, je le jette, non sans lui avoir donné une bonne gifle ! Je trouve ça dégueulasse. Quel manque de respect ! » J'avoue sans honte ne pas partager sa réserve et éprouver à me faire sodomiser un plaisir sans pareil.

Je ne suis pourtant pas ce qu'on appelle une vicieuse. Sans doute le qualificatif de « curieuse » me conviendrait-il davantage. Et sûrement ai-je eu la chance d'être initiée à cette pratique par un amant merveilleux, doux, patient et respectueux : aimant, en somme !

Il va sans dire que vous ne sauriez sodomiser une femme dès la première rencontre. Un peu de tenue, que diable ! Et de retenue aussi ! Nous ne sommes pas des bêtes ! La pénétration anale nécessite une intimité doublée d'une confiance absolue quant à la noblesse de vos intentions, Messieurs.

Il s'agit là, rappelons-le, d'une zone érogène peu ordinaire, méconnue, pour ne pas dire totalement tabou.

L'approche de l'anus de l'être désiré se fait donc (très) progressivement et sans aucune violence, sinon c'est l'échec assuré et la certitude qu'il n'y aura pas de réapprivoisement possible. Sachez prendre le temps nécessaire. Et mettez-vous bien en tête que ce qui suit peut et doit s'étaler sur plusieurs jours, plusieurs semaines, voire plusieurs mois. Le paradis se mérite !

166. Commencez donc par une approche « digitale ». Avec une délicatesse proche de la minutie, appréciez la texture de l'orifice anal, que vous caressez avec des mouvements circulaires. Humectez votre doigt de salive pour varier les sensations et, très doucement, approchez-vous du but.

Lors du fameux broute-minou, vous aurez veillé à passer votre langue sur cette zone si sensible, léchant d'abord de façon douce et prolongée, puis plus rapide, à petits coups de langue plus ou moins mouillés.

167. Vous pouvez ensuite passer à l'étape suivante, osant forcer (mais très délicatement, cela va sans dire) l'entrée de cet orifice qui vous affole. Introduisez à peine la pointe de votre langue ou le bout de votre doigt. Entreprenez un léger mouvement de va-et-vient, sans aucune volonté de pénétration trop prématurée. Non, il s'agit plutôt ici d'assouplir, d'attendrir... afin de vous aventurer plus avant et d'enfoncer votre doigt, de plus en plus profondément. Et sans douleur.

Cette approche sera d'autant plus facilitée que vous aurez autorisé, voire même vivement encouragé, l'amoureuse curieuse à vous rendre la pareille. Le fameux 69 offre, à cet égard, une merveilleuse occasion de vous découvrir et de partager une intimité sans égal.

168. Parvenu à ce stade plus qu'encourageant, tentez la pénétration proprement dite. La femme est à quatre pattes, et vous à genoux, sa croupe à hauteur de votre pénis. Caressez ses fesses, écartez-les pour une meilleure pénétration.

Faites jouer votre gland humide à l'entrée, et introduisez ensuite votre membre viril en le guidant de votre main. Très, très doucement, afin de ne pas blesser la belle docile qui vous offre ce qu'elle a de plus secret. Vous pouvez faciliter la pénétration et, le cas échéant, la rendre moins douloureuse, en lubrifiant l'anus avec de la vaseline... à moins que, à la manière de Marlon Brando dans *le Dernier Tango à Paris*, vous n'appréciez le beurre. Inutile, bien sûr, d'utiliser la totalité d'une plaque. Gardez-en un peu pour les tartines de l'après-câlin !

169. Plus sérieusement, qu'il y ait ou non orgasme, vous veillerez à ne jamais réintroduire votre queue dans le vagin de votre partenaire après une pénétration anale. Simple mais essen-

tielle question d'hygiène ! Vous irez donc, avant tout autre jeu, vous laver soigneusement.

170. Lorsque, après avoir vaincu craintes et réticences, bravé l'interdit, vous aurez enfin découvert ces nouveaux horizons, n'hésitez pas à poursuivre plus avant l'exploration de ces plaisirs inouïs. Changez de position !

Après un « missionnaire » prometteur, passez ses jambes sur vos épaules, caressez ses cuisses, léchez ses pieds pour la mettre encore davantage en appétit. Ses jambes sont écartées, son bassin relevé ; vous vous retirez délicatement et faites glisser votre membre, lubrifié par ses sécrétions vaginales, jusqu'à son anus. Interdiction absolue, dès lors, de rebrousser chemin !

171. Asseyez-vous confortablement et demandez à la belle au comble de l'excitation de grimper sur vos genoux, en vous tournant le dos. Faites-lui pencher légèrement le buste, prenez ses seins, puis sa taille, et introduisez votre queue dans son anus. Tout doucement. C'est fou comme avoir le dessus dans de telles conditions peut s'avérer agréable !

Les mots pour le dire

Certes, vous êtes très occupé, très concentré aussi, mais ce n'est pas une raison pour rester muet comme un brochet, les mâchoires crispées, vous contentant de souffler en cadence ! On ne vous demande pas de tenir de grands discours ; sachez cependant que les mots possèdent un étrange pouvoir aphrodisiaque. Poétiques ou crus, tâchez de trouver ceux qu'il faut. Pour flatter, encourager, exciter, rassurer, demander, remercier, dynamiser, relancer, galvaniser...

172. Le répertoire des mots plus ou moins doux, plus ou moins durs, comme peut l'être votre épée de chair, est bien entendu fonction de votre imagination, de l'inspiration du moment, et des attentes de votre belle. Et, selon que vous serez fleur bleue ou « rentre-dedans », il n'aura de limite que l'étendue de votre vocabulaire. En voulez-vous quelques exemples ?

Version poétique	*Version crue*
J'ai très envie de toi	Tu me fais bander.
Ton désir transpire	Tu mouilles, petite salope !
Je voudrais te sentir en moi ..	Baise-moi !
Je suis tout à toi	Suce-moi !
Tu es toute à moi	Je vais te prendre comme une bête !

Tu sens comme je t'aime ?	Tu la sens ma grosse queue (ou bite, ou verge) ?
Je suis fou de tes caresses	Vas-y, bouge, remue, aspire-moi !
Ton sexe est doux comme de la soie	Tu dégoulines ! Ta chatte est trempée !
C'est bon !	C'est bon !
Je n'en peux plus	Je vais jouir.
Je t'aime	Je t'ai dans la peau.
Arrête, arrête !	Encore, encore !
C'est ton âme que je prends	Je vais te défoncer, te transpercer !
Laisse-moi faire, n'aie pas peur	Je t'encule, chienne !

Tout cela ne saurait bien sûr constituer une liste exhaustive. À vous de trouver les mots qui correspondent le mieux à ce que vous éprouvez... et à celle à qui vous les adressez.

Quoi qu'il arrive, soyez sincère, ne travestissez pas vos désirs et vos sensations. Ne flattez que ce que vous aimez vraiment chez celle qui roucoule entre vos bras. Cela la rassurera encore et toujours sur son extraordinaire potentiel sexuel, et contribuera à le renforcer et le développer.

173. *Cris et chuchotements*. Attention aux excès ! Ne vous lancez pas dans d'interminables tirades ou des soliloques du répertoire classique : l'effet produit risque d'être contraire à celui recherché. L'abus de mots, comme du reste celui d'alcool, ne vaut rien à l'érotisme.

Évitant le silence pesant comme la logorrhée ininterrompue, exprimez pourtant à l'ensorceleuse l'effet qu'elle vous fait et le plaisir qu'elle vous donne.

Gémissements, râles, exclamations, cris, murmures, souffles sont autant de moyens on ne peut plus appropriés pour manifester vos états d'âme.. et de corps. Vos yeux mi-clos, votre bouche entrouverte, vos muscles tendus, vos doigts qui serrent les siens, s'agrippent à sa peau, à la couette, vos tressaillements, vos soubresauts, vos mouvements d'esquive... sont au moins aussi éloquents que certains mots.

Laissez-vous aller, ne vous retenez pas, mais n'en rajoutez pas non plus ! Vous voir et vous sentir ainsi réceptif, fou de désir et de plaisir, ne peut que la rendre encore plus entreprenante, plus démonstrative...

Il serait dommage, à cause d'une gêne ou au nom d'une prétendue bonne éducation, de surveiller votre vocabulaire et de brider vos émotions. Vous vous priveriez de grands moments.

À propos de l'orgasme

Eh oui ! c'est la triste réalité : hommes et femmes ne sont pas égaux devant l'orgasme.

Lon de moi le désir de me montrer désagréable, et de vous faire douter de vos talents amoureux, mais, contrairement à vous, messieurs, les femmes ont la possibilité de feindre la jouissance.

Pour vous faire plaisir, vous remercier à sa manière de toutes les attentions que vous avez eues à son endroit, votre belle amante peut soupirer, gémir, se cambrer, se cabrer, geindre, ronronner, mordre, crier, hurler même... sans pour autant atteindre l'orgasme. Apprenez même à vous méfier de certains cris ou râles trop appuyés. Une de mes amies, de bonne composition, ne jouissait jamais mais exprimait son contentement avec force hurlements, ce qui remplissait d'aise et de fierté son amant. Jusqu'au jour où elle connut enfin l'orgasme. Un orgasme tout en soupirs et en murmures ! L'amant crut alors que quelque chose n'allait plus et elle eut toutes les peines du monde à le convaincre du contraire !

Certes, toutes ces manifestations plus ou moins bruyantes sont à la mesure du plaisir que la femme prend à vos caresses. C'est déjà beaucoup. Mais pour le reste...

L'orgasme féminin demeure un météore assez mystérieux, dont on est bien loin d'avoir élucidé tous les mécanismes. Peut-être justement parce qu'il n'est en aucun cas mécanique, contrairement au vôtre qui passe par des circuits bien déterminés.

On pourrait distinguer chez la femme l'orgasme clitoridien, l'orgasme vaginal, l'orgasme utérin et, pourquoi pas, l'orgasme anal ou rectal... Mais une telle qualification serait encore réductrice, puisque chaque partie de son corps est à considérer comme une zone érogène propre à susciter le plus divin des plaisirs.

Quant à l'orgasme proprement dit, il n'est pas une fin en soi. Voici quelques années, j'ai connu un amant formidable avec lequel il me semblait atteindre les sommets de l'excitation et de l'extase qui s'ensuit. Je ne trichais pas. Je ne simulais pas. Je ne jouais aucune comédie. J'étais sexuellement (et affectivement, qu'il se rassure!) comblée. Je n'éprouvais pourtant d'autre orgasme que clitoridien. Il m'a fallu attendre un nouveau partenaire pour découvrir d'autres orgasmes... qui ne m'ont pas fait oublier, loin s'en faut, les corps à cœur avec le précédent. Ainsi donc, à orgasme, orgasme et demi!

Il n'est pas question ici de vous dispenser de tout faire pour mener votre compagne au septième ciel, mais plutôt de vous rassurer: elle peut parfaitement ne pas éprouver d'orgasme à chaque fois, tout en ressentant un plaisir incomparable.

En revanche, il serait bon que vous ne vous vantiez pas impunément en prétendant la faire jouir à chaque fois. Repérez donc les signes caractéristiques de son excitation et de sa jouissance prochaine. Tout commence avec la lubrification du vagin (elle « mouille »), suivi par une augmentation certaine du volume des lèvres et du clitoris.

Les tétons sont en érection et l'aréole du sein gonfle.

Viennent ensuite l'accélération de la respiration, la contraction du vagin, la tension de tous les muscles... L'orgasme peut alors être atteint, caractérisé par une accélération encore plus grande de la respiration et par des spasmes rapprochés au niveau du vagin et même de l'anus.

Inutile de lui prendre le pouls ou de mesurer la fréquence de ses spasmes. Certains connaisseurs affirment qu'il est un moyen infaillible de déceler le véritable orgasme : le haut de la poitrine, au niveau des clavicules prendrait une couleur rose... Guère facile à déceler dans la pénombre...

Sachez toutefois que, contrairement à vous, la femme peut éprouver des orgasmes en série. Elle n'a pas besoin de la période de repos (plus ou moins longue selon votre forme physique, ou votre âge) qui vous est nécessaire entre deux érections.

La nature serait-elle injuste ? Non, elle est ainsi faite et nul ne saurait s'en plaindre. Quant aux goujats qui prétendraient avoir affaire à une femme frigide, je leur rappelle qu'il y a moins de femmes frigides que de piètres amoureux. Non mais !

Après l'amour, encore et toujours de l'amour

Ah ! qu'elle était belle votre extase, quel septième ciel celui que vous avez atteint, elle et vous – peut-être en chœur, peut-être en léger différé, qu'importe.

Vous voici maintenant échoués l'un sur l'autre, l'un contre l'autre, l'un dans l'autre, étourdis et heureux, détendus et apaisés. N'allez pas croire pour autant que tout est fini !

Des ronflements, succédant immédiatement à des râles de plaisir, produiront sur la femme encore éblouie, égarée sur quelque nuage, l'effet d'une douche glacée. Le retour sur terre risque d'être brutal et douloureux. Et de faire perdre un peu, et même beaucoup d'éclat à tout ce qui a précédé.

À quoi bon faire tant d'efforts pour monter si haut, si c'est pour redescendre aussi vite et si bas ?

On ne vous demande pas de « remettre ça » dans la foulée ! Vous avez parfaitement droit au repos... À condition d'en faire un moment privilégié.

174. Continuez les caresses, douces et légères, celles qui apaisent tout en prolongeant le plaisir. Embrassez-la avec tendresse. Murmurez-lui des mots câlins. Soufflez très légèrement sur sa peau encore moite. Regardez-la. Souriez-lui... Mais, de grâce, épargnez lui le fatal : « Alors, heureuse ? », dont l'effet est rédhibitoire.

175. Demandez-lui de quoi elle a envie : boire, grignoter... Après de tels efforts, on a souvent soif ou faim. On a surtout envie de prolonger cette fabuleuse complicité. Une omelette, un fruit, un verre d'eau ou de jus de fruit, c'est peu mais tellement bon !

176. Proposez d'ouvrir la fenêtre, de faire couler un bain ou de la rafraîchir au lit avec un gant de toilette tiède. Attention, vous n'êtes pas monsieur Propre ! Ne l'astiquez pas, caressez-la

et séchez-la doucement, sans frotter avec la serviette.

Pensez aussi au petit ventilateur à piles. Vous le passerez à quelques centimètres de sa peau, pour en sécher la transpiration et lui procurer de délicieux frissons de fraîcheur. La sensation est merveilleuse... Et il est si bon de s'endormir dans les odeurs de l'amour !

177. En bon amant attentif, vous prendrez soin de vous coucher du côté mouillé du lit. C'est comme ça ! Et quand, enfin vaincue, elle commencera à battre des paupières, entourez-la de vos bras protecteurs, en la berçant à peine pour l'aider à s'endormir.

L'amour sans risque

La révolution sexuelle a eu lieu. Certain(e)s se sont envoyé(e)s en l'air n'importe quand, n'importe comment et avec n'importe qui, tant mieux pour eux. Et puis le sida est venu, ne se contentant pas de passer par là, mais s'installant, s'insinuant, se transmettant, tuant.

Il faut se protéger.

Le meilleur et plus sûr moyen est encore de s'abstenir. Mais dans ce cas, ce livre n'aurait aucune raison d'être... et la vie serait bien triste. Ne comptez pas sur moi pour vous jeter des seaux d'eau !

Si une relation de confiance stable s'est établie avec la même personne depuis plusieurs mois, plusieurs années, si vous avez tous les deux fait les tests de dépistage, alors vous pouvez expérimenter tous ce qui précède dans la joie et la bonne humeur, et surtout dans la liberté totale.

Sinon, il est impératif de se couvrir. Capote, préservatif, condom, appelez ça comme vous voudrez, mais mettez-le. Ab-so-lu-ment !

N'attendez pas que votre partenaire vous le propose, prenez les devants. Achetez-les en pharmacie, il n'y a aucune honte à cela, et gardez-les toujours à portée de main. Si vous êtes du genre vagabond et sujet aux coups de foudre intempestifs, pensez à en garnir votre poche ou votre portefeuille.

On ne le répétera jamais assez, surtout à ceux qui ont connu l'avant-sida et se retrouvent aujourd'hui plutôt désemparés : le préservatif ne tue pas l'amour. Il n'est pas ennemi du jeu érotique. Il peut et doit en faire partie intégrante. Vous pouvez l'appliquer vous-même ou demander à votre partenaire de vous en coiffer ; cela peut même devenir un jeu.

Pour celles et ceux qui l'ignoreraient encore, la marche à suivre est simple. Vous l'enlevez de son emballage en prenant soin de ne pas le trouer avec vos dents ou vos ongles. Vous le placez sur la verge en érection, en pinçant l'extrémité (du préservatif, pas de la queue !), afin de laisser un peu d'air. Et vous déroulez jusqu'à la base de la verge.

Juste après l'éjaculation, retirez-vous. Puis ôtez-le délicatement du membre encore raide et jetez-le. Faut-il rappeler qu'un préservatif ne sert qu'une fois ? D'où l'intérêt, pour les plus insatiables, d'en faire bonne provision.

Préférez les préservatifs en latex, prélubrifiés ou non. Ce sont les plus fiables. Et conservez-les dans leur emballage, à l'abri de la chaleur et de l'humidité.

Je ne saurais trop vous répéter qu'il n'y a pas que la pénétration dans la vie ! Dans la sexualité non plus ! L'un des buts de ce livre était d'ailleurs de vous faire (re)découvrir les infinies possibilités de prendre et donner du plaisir autrement...

Le but de ces dernières lignes est de vous convaincre qu'il n'est pas de plus grand plaisir que de faire l'amour en toute sécurité. Vous n'êtes pas un surhomme ; et le sida, hélas, n'arrive pas qu'aux autres. Ça n'empêche rien. Sauf l'inconscience.

Fin de l'homélie.

En guise de conclusion...

Au lit comme ailleurs, il faut savoir s'arrêter à temps, sinon on prend le risque de lasser.

Vous aurez donc compris qu'il est hors de question de mettre en pratique, les uns à la suite des autres, les 177 suggestions que renferme ce livre, sous peine de devoir appeler le SAMU ou les urgences psychiatriques.

De la même façon, vous vous doutez qu'il serait dommage de vous contenter de ces 177 idées-là.

À vous de jouer, maintenant. À vous d'inventer, de délirer, de fantasmer, d'improviser, d'innover. En matière de jeux érotiques, il n'y a rien d'interdit, rien de mal ou de mauvais tant qu'on agit pour faire et se faire plaisir, donner et recevoir.

Si l'on n'est pas capable de se mettre à l'écoute

des désirs de l'autre, mieux vaut se contenter d'une poupée gonflable. Mais vous en aurez vite fait le tour.

Avec une « vraie » femme, au contraire, le plaisir se décline à l'infini au gré de votre fantaisie et de votre désir. Ne vous privez pas et ne la privez pas.

Il existe en chacun de vous un amant magnifique qui sommeille. Peut-être ces lignes aurontelles contribué à le tirer de sa léthargie. Et à lui donner envie d'entretenir sa forme.

Regardez les femmes qui passent. Contemplez la vôtre. Et laissez courir vos pensées, même les plus folles, sans les brider. Imaginez son corps nu, la forme de ses seins, la courbe de ses reins, les mouvements de son bassin et ce que vous pourrez entreprendre le moment venu... Laissez-vous porter par le désir qu'elle fait naître en vous, il n'est pas de meilleur aphrodisiaque.

Au catalogue Marabout

Sexualité

- **177 façons d'emmener une femme au 7ème ciel**
  M. Saint-Loup - Poche n° 2783
- **203 façons de rendre fou un homme au lit**
  J. Saint-Ange - Poche n° 2771
- **208 façons de rendre un homme fou de désir**
  M. Saint-Loup - Poche n° 2834
- **Best sex**
  T. Cox - Poche n° 2880
- **Comment faire l'amour à un homme**
  A. Penney - Poche n° 2737
- **Comment faire l'amour à une femme**
  M. Morgenstern - Poche n° 2738
- **Femmes, le sexe, etc. (Les)**
  E. Willer - Actualité
- **Guide Marabout de la vie sexuelle (Le)**
  J. Cohen, C. Verdoux, J. Kahn - Référence
- **Hot sex**
  T. Cox - Hors collection
- **Petit manuel de séduction**
  L. Sussman - Mini sexe
- **Sexercices**
  L. Sussman - Mini sexe
- **Sexualité au masculin (La)**
  Dr C. Solano - Poche n° 2833
- **Sexualité des paresseuses (La)**
  Spécial Nanas
- **Tous les secrets pour connaître le plaisir à chaque fois**
  M. Saint Loup - Poche n° 2797

Impression réalisée sur CAMERON par
BRODARD ET TAUPIN
La Flèche
en mars 2008
pour le compte des Éditions Marabout

Imprimé en France
Dépôt légal : mars 2008
N° d'impression : 46110
ISBN : 978-2-501-05237-5
40.9015.5/02